Andrew Crumey

Die Geliebte des Kartographen

Roman

Aus dem Englischen von Klaus Pemsel

Insel Verlag

Originaltitel: *Pfitz*

Erste Auflage 1997

Druck: Friedrich Pustet, Regensburg
Satz: IBV Satz- und Datentechnik GmbH, Berlin
Printed in Germany

Die Geliebte des Kartographen

für Mary und Peter

KAPITEL EINS

Vor zwei Jahrhunderten suchte ein Prinz auf eine selbst für die Wertvorstellungen seiner Zeit ungewöhnliche Weise nach Unsterblichkeit. Andere mochten in glorreichen Schlachten kämpfen, Denkmäler errichten lassen oder zukunftsweisende Gesetze verabschieden, doch unser Prinz entschied sich, sein Leben der Laufbahn als Urheber von Phantasiestädten zu widmen.

Mit Margaretenburg fing es an. Dieses rühmliche Werk seiner frühen Jahre – die Herzensergüsse eines liebeskranken Jugendlichen – wurde zu Ehren der Frau ersonnen und benannt, mit der er verlobt war, bis sie ihm durch die Pocken geraubt wurde. Die Idee kam ihm, als sie auf dem Totenbett lag, und innerhalb von sechs Monaten nach ihrem Ableben waren alle Pläne für ihre Gedenkstätte ausgearbeitet. Ein Stadtplan war erstellt worden, der die vollkommene Geometrie seines Vorhabens veranschaulichte (seine Reaktion auf die sinnlose Grausamkeit der Welt), und aus einem Wettbewerb waren architektonische Pläne von äußerster Pracht hervorgegangen. Jeder Weg und Bau, jeder Park und Brunnen sollte seinen Namen zur Erinnerung an die dem Prinzen entrissene Frau erhalten.

Da er sich über die näheren Einzelheiten der geplanten Stadt noch nicht im klaren war, gab der Prinz ein weiteres Kartenwerk in Auftrag, das einzelne Bereiche in einem größeren Maßstab zeigen sollte, und wollte außerdem Zeichnungen der geplanten Gebäude in einer Reihe schöner Stiche haben. Aus ganz Europa wurden Landschaftsmaler herbeigeholt, um Illustrationen der Stadt aus der

Perspektive der sie umgebenden Berge zu erstellen (die bereits von einer Unterabteilung des Bauplanungsamtes kartographisch erfaßt wurden). Am Ende dieser zweiten Phase (die etwa achtzehn Monate dauerte) meinte der Prinz, er würde nun die Stadt Margaretenburg viel besser kennen – sogar so gut, daß er sie in seiner Phantasie besuchen und seine Spaziergänge mit den Höflingen besprechen konnte. Nichtsdestoweniger verblieben noch viele Dinge während dieser hypothetischen Besuche, die nicht erfaßbar und ungewiß waren, und der Prinz dachte nicht einmal im Traum daran, ein Bauwerk in Auftrag zu geben, über dem noch die geringste Unsicherheit schwebte. Wie würden zum Beispiel die Gärten riechen? – Eine Gartenbaukommission wurde gebildet. Und würde der Rauch aus den Häusern die Luft der königlichen Residenz beeinträchtigen? – Ein Kollegium hervorragender Wissenschaftler wurde eingesetzt.

Diese Konsultationsphase zog sich über weitere drei Jahre hin. Die Erinnerung an Margarete lag immer noch schwer auf dem Herzen des Prinzen, und so war seine Entschlossenheit, die Gedenkstätte zu verwirklichen, ungebrochen; die Planungskosten hatten mittlerweile jedoch die Schatzkämmerei erheblich belastet, und es zeichnete sich allmählich ab, daß höchstwahrscheinlich nicht mehr genügend Geld für den Baubeginn übrigbliebe. Ein Finanzausschuß entschied, daß das Vorhaben nicht länger ein kostspieliges Hirngespinst bleiben solle.

Dennoch: vieles war nach wie vor unentschieden. Die Straßenpläne sowie die Gravüren von den Hauptgebäuden und ihren Innenräumen waren katalogisiert worden – von der Möblierung allerdings existierte nicht einmal die entfernteste Vorstellung. Die Straßen trugen Namen und hatten ihre ordentlichen Begrenzungen aus Bäumen und Büschen zugeteilt bekommen – doch was sollte mit dem abgefallenen Herbstlaub geschehen? Und wenn Regenwetter kam, konnte da schon irgendwer die Gewähr bieten, daß die Kanalisation einwandfrei funktionierte? Trotz all der erledigten Arbeit schien die Stadt immer noch auf schwankendem und unsicherem Boden zu stehen; kurz, es fehlte noch das Vertrauen, daß sie genau nach Plan in die Welt treten würde.

Nach reiflicher Überlegung faßte der Prinz seinen Entschluß. Die Stadt Margaretenburg sollte ein Traum bleiben, eine konzipierte Stadt, die nicht aus Straßen und Gebäuden, sondern aus Karten und Illustrationen bestand. Sie würde eine ideelle Stadt bleiben und als solche eine Gedenkstätte von längerer Dauer als jede Anhäufung von Steinen, da allein Ideen Anspruch auf Unsterblichkeit erheben können. Alle Aufzeichnungen, welche die großartige Stadt beschrieben, wurden in Margaretes Mausoleum deponiert. Danach verkündete der Prinz, daß seine Trauerzeit vorüber sei.

Auf diese Art schloß er sein erstes Werk ab. Seit dem tragischen Ereignis, das ihn ursprünglich inspiriert hatte, waren immerhin schon fast fünf Jahre verstrichen, und mit dem Abschluß dieses Kapitels aus seinem Leben spürte er endlich, daß die Last des Kummers von ihm genommen war. Eines Tages würde er im Rückblick bei der Stadt Margaretenburg Spuren jugendlicher Impulsivität (bis hin zu Unreife) entdecken. Die Stilmischungen bißen sich, erzeugen Dissonanzen – beispielsweise das Nebeneinander von blumigem Stuck über streng klassischen Linien am Lischitzky Palais. Und die Ausrichtung der

Straßen nach einem Zifferblatt ist eine Marotte, die allgemein als seiner späteren Manier unwürdig erachtet wurde. Dessenungeachtet trug diese Stadt alle Anzeichen jener unverwüstlichen Originalität, die Genie genannt werden kann. Obgleich die Inspiration erst sporadisch aufgeblitzt war, lag dies nur an mangelnder Praxis und einer noch nicht ausgebildeten Kunstfertigkeit, die erst nach langem, oft vergeblichem Bemühen entsteht. Dies alles würde sich später einstellen.

Der Prinz mußte sich wieder mit Staatsangelegenheiten beschäftigen. Er heiratete und zeugte drei Kinder, und es hatte den Anschein, als wäre die Stadt Margaretenburg kaum mehr als eine Jugendtorheit. Doch während dieser mittleren Periode seiner Laufbahn sollte es noch drei weitere Stadtentwürfe geben.

Er hatte bereits die Stadt als Gedenkstätte kreiert. Sein nächstes Unterfangen sollte die Stadt als Phantasie sein. Kurz nach der Geburt seines zweiten Kindes verfiel der Prinz plötzlich in einen Zustand der Unzufriedenheit und des Lebensüberdrusses, was sich in einem abnehmenden Interesse an seiner Frau und einer gesteigerten Anteilnahme an einer der jungen Hofdamen äußerte. Auf einmal träumte er von einer Stadt, in der er seiner Leidenschaft ausgiebig frönen könnte. Erneut versammelte er seinen Stab von Architekten und Kartographen um sich, und gemeinsam machten sie sich an den Entwurf von Herzchen. Diesmal ging alles viel schneller vonstatten. Es wurde eine Stadt entworfen, die nicht die Wohlgeordnetheit einer strebsamen Bevölkerung (wie es bei Margaretenburg der Fall gewesen war), sondern vielmehr das uneingeschränkte Streben nach Vergnügungen zur Grundlage hatte. Im Zentrum lag ein weiter Park, dem wiederum die Weltkarte zugrunde lag. Seine Kontinente waren Amüsierländer – die beiden Amerikas, wo exotische Vögel in Käfigen für Freude und Faszination sorgten; Asien, wo auserlesene Leckerbissen in der berühmten Glaspagode aufgetischt wurden; Afrika, das eine wundervolle Menagerie beherbergte; und Europa, wo vom gepflegten Rasen beständig die Musik eines heimischen Orchesters ertönte. Die übrige Stadt war als Ort der Ruhe kreisförmig um diesen Garten des Hedonismus angelegt; auf der Karte hafteten die gelben Straßen und Häuser an der Peripherie des großen grünen Herzstücks wie Parasiten an einem großen, trägen Tier.

Herzchen war lediglich eine Lappalie, aber es kennzeichnete eine neue Phase in der Laufbahn des Prinzen als Urheber von Städten. Nun vertraute er seinen Bemühungen mehr, im Gegensatz zum zögerlichen Vorgehen bei Margaretenburg. Als die Aufgabe schließlich erledigt war, ließ er das Buch mit den Karten und Stichen in einen großen Schrank sperren, der eigens für diesen Zweck gebaut worden war. Daraufhin vergaß er Herzchen völlig – zusammen mit der Frau, die ihn dazu inspiriert hatte.

Noch zwei weitere Städte wurden während dieser glänzenden mittleren Periode gegründet. Pomonia war die Stadt als Feier, entworfen zum Gedenken an eine Schlacht, in der sein zwölfjähriger Sohn gekämpft und gesiegt hätte, wäre zu jener Zeit Krieg gewesen. Die Stadt bestand aus herrlichen Statuen, großartigen Triumphbögen und stattlichen Kasernen, und die Stiche davon wurden in ganz Europa berühmt, so daß die einzigartige Vision des Prinzen zum ständigen Gesprächsthema in erlauchten Kreisen wurde. Als Antwort auf diese neuerlangte Berühmtheit warf er sich auf Spellensee – die Stadt als Unterhaltung. Entworfen als pittoreske Siedlung, eingebettet in eine malerische Landschaft, sollten deren Haupteinnahmequelle die Badegäste sein, die zu Tausenden zum Schwimmen in den klaren Gewässern kommen und sich in den vielen Theatern, Konzerthallen und Galerien vergnügen würden. Alles war darauf ausgerichtet, den zeitgenössischen Geschmack zufriedenzustellen – die modernsten Maler sollten anschauliche Darstellungen der Werke liefern, die sie den Kunstgalerien zur Verfügung stellen würden; in gleicher Weise wurden Opern in Auftrag gegeben. Es würde eine Vielzahl von Kaffeehäusern geben – wie sie jüngst beliebt geworden waren.

Dennoch war es ein völliger Fehlschlag. Der Verkauf des reichhaltig illustrierten Führers von Spellensee trug kaum dazu bei, die immensen Kosten des Unternehmens zu decken, und nach vierjähriger Projektarbeit war die Schatzkämmerei einem Bankrott nahe. Nie wieder würde der Prinz seine eigenen künstlerischen Eingebungen zugunsten der lärmenden Massen vernachlässigen, deren Interesse so leicht verrauchen konnte. Spellensee wurde ihm verhaßt – in einem unvollständigen und unbefriedigenden Zustand aufgegeben, und so wurden die Pläne in einem Wutanfall zerstört. Der Prinz verkündete, er würde nie wieder eine Stadt erschaffen.

Dennoch sollte er nach vielen Jahren das in Angriff nehmen, was sein größtes Projekt werden würde. Er war über die Fünfzig hinaus, ein Mann, der auf eine solide Lebensleistung zurückblicken konnte, die sicherstellen würde, daß sein Name in Erinnerung blieb. Dies genügte ihm jedoch nicht. Immer noch fraß die bittere Erinnerung an Spellensee an ihm – aber da waren ja noch Pomonia und Herzchen, und vor allem Margaretenburg – sein erstes und in vieler Hinsicht (trotz seiner Mängel) bestes Werk, da es sein aufrichtigstes war. Seine Laufbahn stellte sich ihm als ein schrittweiser Auflösungsprozeß dar – ein beinahe unmerkliches Verschleudern seiner Talente. Er hatte Werke geschaffen, die ihm Ruhm eingebracht hatten, aber doch keinen bleibenden Wert besaßen.

Viele Monate lang wurde er von tiefen Depressionen heimgesucht. Er vernachlässigte seine Pflichten sowie seine Familie und vergrub sich noch einmal in die Pläne und Illustrationen seiner ersten Stadt, die er aus dem Mausoleum wieder hervorgeholt hatte.

Nach langen Wochen einsamen Studierens und Überlegens meinte der Prinz endlich, das wahre Objekt für seine Bestrebungen gefunden zu haben, die Leistung, die allen seinen früheren Bemühungen Geltung verschaffen und seinem Lebenswerk einen krönenden Abschluß verleihen würde. Margaretenburg hatte den Weg gewiesen, aber er hatte die Zeichen nicht erkannt; er hatte das Weltliche, das Konkrete, das Vergängliche und Wertlose verfolgt. Er hatte Jahre seines Lebens an Städte des Vergnügens, der hohlen Verherrlichung und der leichten Unterhaltung verschwendet. Er wollte sich nun auf ein Projekt stürzen, das Margaretenburg im feierlichen Ernst ihres hehren Zwecks gleichkommen würde; doch dieses Mal würde ihn niemand aufhalten oder ihn dazu bringen, seine Ideale zu verraten – seine Aufgabe würde schon von ihrem innersten Wesen her nie zum Abschluß gelangen, aber er würde doch damit fortfahren, solange es sein Leben und seine Gesundheit zuließen.

Er würde die Stadt als Enzyklopädie entwerfen; eine Stadt, die eine Darstellung des gesamten bislang erfaßten menschlichen Wissensstandes bieten würde. In ihrem Zentrum würden sich keine königlichen Paläste, Lustgärten oder billige Vergnügungsstätten befinden. Stattdessen gäbe es ein Museum und eine Bibliothek, wie sie noch nie zuvor ersonnen worden waren. Dies allein würde ausreichen, ihn ein Leben lang zu beschäftigen, aber dennoch gäbe es daneben noch so viel mehr in dieser großartigen Phantasiestadt.

Als erstes stellte der Prinz eine völlig neue Mannschaft aus Planern, Architekten, Kartographen und Graveuren zusammen. Er suchte sich Menschen aus, die jung, für neue Eindrücke empfänglich, frei vom Bedürfnis, ihren Ruf zu bewahren, und daher willens waren, allem zu folgen, was die Aufgabe erfordern mochte. Keine Idee sollte als zu unerhört abgewiesen werden; alles sollte in gleicher Weise geprüft und erwogen werden. Und diese Stadt würde im Gegensatz zu allen anderen bis ins allerletzte Detail durchgeplant werden – nichts würde unvollständig bleiben. Die Kosten würden enorm sein, aber dem war auch Rechnung getragen worden. Der Staat selbst – dessen gesamte Mittel und alle Energien seiner Arbeiterschaft – würde auf diese eine Aufgabe ausgerichtet sein, die jedem Bürger einen Platz in der Unsterblichkeit gewähren würde. Ihre eigene bescheidene, irdische Stadt – klein, unvollkommen und ohne besonderen Rang – würde sich aufzehren, um eine andere zu erschaffen – eine, die topographisch vollkommen, sozial ausgeglichen war und im Umfang des in ihrer Gemarkung erfaßten Wissens keiner weiteren Hinzufügung bedurfte.

Es wurde alles verkauft, was einen Abnehmer finden konnte. Der Hof wurde aufgelöst; seinen Mitgliedern wurden neue Funktionen in der Planungsarbeit zugewiesen. Lediglich die Untertanen, deren Gewerbe für das weitere Wohlergehen der Bürgerschaft (und daher auch der Fortführung der prinzlichen Pläne) absolut unerläßlich war, wurden von dem Projekt freigestellt, das fürderhin der einzige staatliche Erwerbszweig sein würde. Es wurde ein Wettbewerb zur Namensgebung des Ortes veranstaltet, welcher von einem Philologieprofessor gewonnen wurde, der – aus Gründen, die allein den Großteil des ersten Bandes der Einleitenden Erläuterungen zur Stadt einnahmen – den Namen Rreinnstadt vorschlug.

Die Straßenanordnung und die Gebäudeentwürfe bildeten nur den kleinsten Teil des ganzen Unternehmens. Es sollten Pläne und Illustrationen nicht nur jedes Bauwerks gemacht werden, sondern auch der Inneneinrichtung dieser Häuser, ihrer Möblierung und Dekoration und vor allem auch ihrer Bewohner – Biographien, Memoiren und Erinnerungen müßten geschrieben werden (mit dem genauesten Augenmerk auf stimmige Querverbindungen). Es würde Musik und Gemälde für die Konzerthallen und Galerien geben (nicht die inhaltslosen Leistungen wie im Falle von Spellensee, sondern Werke voller Tiefsinn und Schönheit) und darüber hinaus würde es Kommentare und Analysen dieser Werke und ihrer Schöpfer geben. Das Wetter über Rreinnstadt – die Wolkenmuster und die Sonnenschein- oder Regendauer – sollte vollständig berechnet werden in einem Unternehmen, das Neuland in der Meteorologie erschließen würde. Doch das Gewaltigste von allem war die Planung des Museums und der Bibliothek und ihres bislang noch nicht erkundeten Bestandes.

Dieses Herzstück des Vorhabens war von Anbeginn an in Geheimnistuerei und Spekulationen gehüllt. Selbst diejenigen, die im Museumsstab arbeiteten, waren nur mit den Teilbereichen vertraut, mit denen sie direkt zu tun hatten. Selbst die Frage, ob der Prinz über das Gedeihen seiner Schöpfung auf dem laufenden bleiben konnte, war Gegenstand von Debatten.

Das äußere Erscheinungsbild des Museums hingegen war allen gut bekannt – ein stattliches Gebäude, das auf einen geräumigen Platz blickte. Mit der Innenaufteilung konnte sich gleichfalls jeder vertraut machen, der sich die Mühe machte, die frei zugänglichen Pläne einzusehen – die vielen Karten zeigten die Standorte von Glasvitrinen, Regalen und Schränken. Im Museum war ein Flügel dem Naturreich, ein anderer dem Reich des Menschen zugeordnet. Jeder Flügel war weiter untergliedert – das Naturreich teilte sich in Tiere und Pflanzen; die Tiere in fliegende, schwimmende und erdgebundene; die erdgebundenen wiederum in solche mit und ohne Beine; so ging es in einer sich ständig verzweigenden Klassifizierungshierarchie weiter. Auf diese Weise hatte jedes Tier der Welt seinen logischen Platz, der in einer Vitrine in der entsprechenden Abteilung zur Verfügung stand. (Wie sich denken läßt, würde es viele leere Vitrinen geben, die auf die Entdeckung des entsprechend klassifizierten Tiers warteten; vierflügelige Vögel oder gefiederte Fische beispielsweise.) Das Reich des Menschen war gemäß einer ursprünglichen Klassifikation auf der Grundlage der fünf Sinne und der drei Geistesgaben (Gedächtnis, Vernunft und Einbildungskraft) aufgeteilt; so daß die Malerei zum Beispiel am Schnittpunkt zweier prächtiger Treppen zu finden war, wovon die eine vom Foyer des Sehvermögens, die andere vom Vestibül der Einbildungskraft herführte – über einen Gang, der durch die über der Halle des Tastsinns liegende Handwerksabteilung führte. Geschichte war andererseits über die Arkade des Gedächtnisses zu erreichen, deren großartiger Marmorschmuck zum Thema eines bestechenden Zyklus' von Gravierungen wurde. Die innere Verflechtung aller menschlichen Wissensgebiete und Leistungen sollte sich in der Komplexität der Innenarchitektur des Museums widerspiegeln, die bald mit einem Schwamm, einem Kristall oder einem geäderten Blatt verglichen wurde. Die stetig anwachsenden Verästelungen des Netzwerks aus Korridoren und Fluren führte bald zu zahllosen Überarbeitungen der Grundrisse und Innenansichten, als kryptische Anweisungen von der Museumsabteilung eintrafen, die um die Einbindung einer neuen Route beispielsweise zwischen dem Zimmer der vergessenen Fertigkeiten und der Kammer der Religion baten; oder vom Mezzanin des Ehrgeizes zum Alkoven der Geschicklichkeit. Was diese Wege bezeichnen oder erschließen mochten, konnte nur der erraten, der in die tiefsten Geheimnisse der nominellen Museumskuratoren eingeweiht war.

Und was die Bibliothek betraf (die mit ihrem Nachbarn durch ein derart ausgeklügeltes System von Durchgängen verbunden war, daß es beinahe die Möglichkeit symbolischer Wiedergabe übertraf), so waren hier sogar noch größere Mysterien aufbewahrt. Hier wurde die gleiche Klassifikation wie im Museum angewandt – die beiden Gebäude waren spiegelbildlich entworfen (in den Gravüren von den Fassaden ist die Schönheit dieser Symmetrie besonders augenfällig). Jedes Objekt im Museum mußte (nach allgemeiner Auffassung) in Bezug stehen mit einem Buch (oder mehreren Büchern) in der Bibliothek. Es würde jedoch auch viele Druckwerke geben, die keinem Ausstellungsstück entsprechen konnten – die Naturgeschichte der Einhörner etwa oder die Geometrie runder Vierecke. Weil diese Bücher jene zahlenmäßig weit übertreffen, die zur Katalogisierung der Exponate dienen, ist die Gesamtgröße der Bibliothek (trotz der eng angeordneten Regale) der des Nachbargebäudes gleich (auf diese Weise wurde jene Symmetrie aufrechterhalten, die vom ursprünglichen Architektenstab für so erstrebenswert gehalten wurde).

Ein perfekt ausgeglichenes Bauwerk stand somit zur Verfügung (oder würde es), in dem alles seinen Platz hat, was der menschliche Verstand zu erfinden oder zu verstehen vermag. Ein symmetrischer Komplex aus zwei Hälften, in dem Wissen übertragen oder umgelagert, neu klassifiziert und zusammengefaßt werden kann mittels der Möglichkeit, durch das reich geschmückte Innere zu wandern. So würde aus Marmor, Glas und Holz eine Art Gehirn entstehen, dessen Aktivität aus den endlosen Wanderungen der Kuratoren, Aufseher und Besucher entsprang. Damit würde Rreinnstadt nicht nur die Stadt als Enzyklopädie darstellen, sondern auch die Stadt als Organismus; ihr einem Gehirn gleichendes Kernstück über breite Straßen mit den Wachtürmen an den Stadtmauern und der Sternwarte in den Bergen dahinter verbunden. Dieser Organismus würde darüber hinaus ein Bewußtsein seiner selbst haben – denn wären nicht all jene Karten und Pläne, Biographien und Gravierungen irgendwo innerhalb der Bibliothek aufgehoben? Würde das Museum nicht sich selbst als das bedeutendste Exponat enthalten?

Es war eine Vision, bei der einem vor Verwunderung die Sinne schwanden – eine, zu der nur unser edler Prinz fähig sein konnte. Es war sein Lebenswerk wie auch das aller seiner Untertanen, die nun auf das erhabene Ziel hinarbeiteten, das er ihnen gesetzt hatte. Ihre eigenen vernachlässigten Häuser verfielen bald, die Straßen blieben unausgebessert; Nahrungsmittel wurden knapp, jedoch nicht Papier und Tinte (denn der Nachschub an diesen wertvollsten Bedarfsgütern war stets gesichert). Hunger und Epidemien konnten nicht auf ewig in Schach gehalten werden, aber diese Bedrohung vermochte nicht abzuschrecken. Die höchste Belohnung für die Untertanen des Prinzen würde jenes große, auf dem Hauptplatz gegenüber von Museum und Bibliothek errichtete Ehrenmal sein, auf dem der Name des Prinzen über denen eines jeden seiner Bürger eingemeißelt werden würde, und an dessen Fuß die Worte stehen würden: »Zur Erinnerung an diejenigen, welche alles gaben, damit Rreinnstadt ewiglich lebe.«

KAPITEL ZWEI

Schenck war Kartograph und hatte zehn Jahre lang an Rreinnstadt gearbeitet, schon seit der Inangriffnahme des Projekts durch den Prinzen. Ursprünglich war Schenck zur Buchhaltung abgestellt worden, um die Gehälter einiger der imaginären Bewohner Rreinnstadts zu berechnen. Doch es war aufgefallen, daß er gut mit der Zeichenfeder umgehen konnte, und so wurde er bald ins Kartographiebüro versetzt.

Die Fähigkeit, sauber zu schreiben und akkurat zu kopieren, war eine der Hauptfertigkeiten, die in seinem neuen Betätigungsfeld gefordert waren. Da sein Studienobjekt eine Stadt war, die lediglich auf dem Papier existierte, brauchte sich der Kartograph nicht mehr um solche Dinge wie Geländeerkundungen und Vermessungsarbeiten zu kümmern. Es war für ihn nicht mehr notwendig, bei Wind und Wetter draußen zu stehen, wo ihm das Senkblei aus dem Lot geweht werden würde, während er seinen Theodoliten aufzustellen versuchte. Er würde nur noch andere Karten zu erkunden haben, mit dem vordringlichsten Ziel, völlige Übereinstimmung mit allem zu bewahren, was bisher getan worden war – nicht nur die schon existierenden Kartenwerke, die schlicht die Lage von Gebäuden und Straßen zeigten, sondern auch diejenigen, welche die Meereshöhe angaben, und noch weitere, die der Reihe nach die aufeinanderfolgenden Gebäude zeigten, welche auf einem bestimmten Platz gestanden hatten (denn Rreinnstadt war bereits ein Gebilde mit eigener Geschichte geworden; es war eine Wesenheit geworden, die zur Umwandlung und Weiterentwicklung fähig war). In den Regalen des Kartographiebüros befanden sich Pläne in einem Maßstab, der nur einen einzigen Raum eines einzelnen Wohnhauses oder gar einen kleinen Bereich eines Zimmers wiedergab (jedes Stück sorgfältig eingezeichnet und erläutert – die Umrisse eines Silbertabletts oder eine Tasse auf dem Tisch; die Koten und Koordinaten eines türkischen Teppichs auf dem Boden). Es gab Karten aus feinstem Reispapier, die übereinandergelegt werden konnten, um in immer tieferen Schichten die Querschnitte der Stadt in sukzessiven Höhenlinien zu zeigen, und Karten, die nicht nur räumliche, sondern auch zeitliche Konstellationen wiedergaben – Pläne, die den Aufenthaltsort von einzelnen Bürgern an bestimmten Tagen zu bestimmten Zeiten angaben (Individuen, deren Lebensläufe derzeit noch von der Biographischen Sektion aufgezeichnet wurden).

Solche Dokumente hatten in den letzten zehn Jahren Schencks Leben und Arbeit bestimmt. Der Tisch, von dem er jeden Tag sein Mittagessen verzehrte, war ein Atlas auf seinem Schoß, und nachts waren seine Träume durchschossen mit niedlichen Fäden von Längen- und Breitengraden. Die Welt selbst war für Schenck zu einem gewaltigen Schaubild geworden; mit einem reichen Vokabular aus Konturen und Kennzeichen, einem Text, der völlig in sich abgeschlossen, vollkommen konsistent, aber dennoch endlos verblüffend war. Und die von ihm anvisierte Zukunft war ein allmähliches Schreiten über die ungewisse Oberfläche der Landkarte, die im Augenblick seiner Geburt gezeichnet worden war und sein Schicksal bis in die kleinste Einzelheit vorbestimmte.

Eines Tages wurde Schenck nach oben geschickt, um der Biographischen Sektion einige Pläne abzuliefern.

Diese war in einem gewaltigen Raum mit hoher Decke untergebracht, umringt von Regalemporen, zwischen denen die Biographen unaufhörlich zirkulierten, während sie die Bürger von Rreinnstadt zum Leben erweckten. Dies war der Ort, wo neues Leben geschaffen wurde; Erinnerungen, Träume und Spekulationen. Es war ein Werk von unschätzbarer Bedeutung (wie die Biographen jedermann beständig erinnerten), und als Schenck die gesuchte Person fand, wurde er mit einem knappen Dank bedacht und wieder entlassen, als wäre er nichts weiter als ein Diener.

Schenck ging seinen Weg über die Empore zurück und blickte herab auf die in Reihen an ihren Schreibtischen sitzenden Biographen. Die einzigen Geräusche waren die von kratzenden Federkielen, von in die Tintenfässer eingetauchten Federhaltern oder von umgeblätterten Seiten. Es mußten sogar besondere Überschuhe getragen werden, damit die anderen nicht gestört wurden, wenn jemand sich auf die Suche nach Dokumenten begab.

Auf einmal sah er sie zwischen den anderen sitzen, und es war so etwas wie eine Offenbarung.

Sie trug Grün. Ihr Haar war rot, ihre Haut blaß und stellenweise mit einem feinen Netzwerk violetter Adern durchzogen, vor allem dort, wo die Haut am dünnsten ist, beispielsweise wo sie sich über die Erhebung eines Schlüsselbeins spannt. Diese Stelle betrachtete der Kartograph nun, während sie gebeugt über ihrer Schreibarbeit saß. Aus der Ferne blickte er auf diesen straffen Bereich aus blasser Haut und Blutbahnen, der einem hypothetischen Straßen- oder Flußsystem glich. Und er ließ die Augen zu den dickeren und tieferen Stellen der Haut schweifen, als sein Blick von diesen kühlen Regionen abwärts nach Süden zum warmen Versprechen ihres Busens glitt.

Falls sie sich weiter vorbeugte oder gar ihre Sitzposition änderte, dann würde er mehr sehen. Neue Konturen würden sich zeigen, neue Bereiche dieses einladenden Geländes. Viel später würde er aus der Erinnerung das damals Gesehene mit dem vergleichen, was er bei seinen späteren, eingehenderen Erkundungen erblickte.

Schenck wußte, daß er gehen sollte, da er nun seinen Botengang ausgeführt hatte. Aber niemand achtete auf ihn (bei den Biographen war das immer so). Doch er war von dem, was er sah, fasziniert; dem fesselnden Kontrast zwischen dem fülligen roten Haar um ihren weißen Nakken und dem grünen Kleid. Ihre bleiche Haut rief ihm eine Landkarte der Polargebiete der Erde ins Gedächtnis, die er einmal angesehen hatte. Wenn sie sich stärker über ihre Arbeit beugte, könnte er vielleicht mehr von ihrem Busen sehen. Diese Hoffnung, vermischt mit Scheu, hielt ihn in ehrfürchtiger Erstarrung. Er blieb wie angewurzelt stehen, reglos, mit trockenem Mund, während sich sein Magen in einer Erregung zusammenzog, die an Furcht grenzte.

Nun war also eine neue Markierung auf der Karte von Schencks Leben aufgetaucht; eine schneebedeckte Vision gebirgiger Schönheit. Und der seismische Eindruck dieses Augenblicks sandte seine Stöße an die äußersten Grenzen seiner Existenz; über die Entfernung vieler Jahre hinweg würden diese Hügelzüge halb erinnerter Träume, die Taleinschnitte verzerrter Erinnerungen, die auftauchten und dann ohne Vorwarnung wieder verschwanden, sich allmählich wieder in seinem Gedächtnis einstellen. Wohin er auf der Landkarte seines Lebens auch blicken, in welche Richtung er sich nun auch wenden mochte, er würde ihren Eindruck auf der Landschaft so wie die Einbuchtung sehen, die auf einem Kissen zurückbleibt, wenn das Haupt sich erhoben hat.

Dann endlich beugte sie sich weiter vor – bereits seiner Beobachtung bewußt, wie er sich nun sicher wähnte. Sie beugte sich vor, ließ seine momentane Kartierung ihres Körpers zu, oder ließ sich eher dazu herab. Und als sie sich rührte, veränderte sich alles – eine sich wandelnde Topographie von Haut, Fleisch und umgeschichteter Massen, wobei ihre Brüste anschwollen, sich zusammenzogen und leicht absackten, als würden sie sich anbieten (freilich nur einen Augenblick lang!). Eine lastende Erinnerung. Später, bei der Arbeit an seinen Karten, dachte er wieder daran. Da tauchte die Frage in seinem Geist auf: Wie könnte er es möglich machen, dieses Vergnügen zu verlängern, zu wiederholen? Wie könnte er es anstellen, dieser unbekannten Frau, die ihn so anzog, näherzukommen?

Nun hob sie den Kopf, und kurzzeitig konnte er ihr Gesicht in all seiner Schönheit sehen, als sie zur Galerie hinaufblickte. Er spürte, wie ihre Augen ihn entdeckten, und ihre Miene vermittelte einen Ausdruck stillen Triumphes. Der Kartograph senkte den Blick und schickte sich an zu gehen. Doch wenn er zur Wendeltreppe am äußersten Ende der Empore ging, würde er nach dem Herabschreiten der Stufen eine Route wählen können, die ihn nahe an ihren Schreibtisch brachte. Er wappnete sich auf dem Gang treppab für die unmittelbar bevorstehende Begegnung, die kurze Nähe (vielleicht sogar die Möglichkeit einer flüchtigen Berührung, so daß sich eine wortlose Geste ergeben und eine Botschaft der Komplizenschaft, der Dankbarkeit und des Versprechens weiterer ähnlicher Treffen übermitteln würde); die schmale Lücke bis zur knisternden Nähe, durch die er mußte, das Verheißungsvolle dieses Augenblicks, als er sich dem Objekt seiner Begierde näherte, während sie wieder den Kopf beugte; so strebte er zu ihr, das Gesicht auf die Tür vor ihm gerichtet, während sein Blick auf die geheimnisvolle Gestalt am Rande seines Sichtfeldes fixiert war. Dann endlich schritt er an ihr vorbei und atmete die Luft ein, in der sie lebte. Als er es wagte, flüchtig auf ihr Haar, ihren Nacken und die Arbeit vor ihr zu schauen, gab es viele Dinge für ihn, die er in dem schmalen zur Verfügung stehenden Zeitkeil aufzunehmen versuchte; viele kleine Informationen, die er unter den Scherben der Wonne, die ihn nun piksten, sich gerne angeeignet hätte. Doch von dem Blatt, auf das sie gerade schrieb, konnte er lediglich einen einzigen Namen aufschnappen, in ihrer säuberlichen blauen Schrift hingesetzt. *Graf Zelneck*. Er schritt bis zur Tür weiter, und der Name blieb in seinem Gedächtnis haften, als er wieder nach unten ins Kartographiebüro ging; ein Wort, dessen stumme Wiederholung sich auf seinen Lippen beinahe wie ein Kuß anfühlte. Es war der Schlüssel, der ihm den Zugang zu einer kleinen Ecke ihres Daseins ermöglichte; nun ein Stück gemeinsamen Bodens, dessen Erkundung ihn jenem großen Erforschungsakt näherbringen würde, den er so sehr auszuführen begehrte.

Wer mochte dieser Graf Zelneck sein? Wenn Schenck irgend etwas über ihn herausfinden konnte, dann würde es ihn gleich enger in diesen duftenden Kreis ziehen, in dem er sich so gerne aufhalten wollte. Der Name kam ihm vage vertraut vor, aber das konnte auch Einbildung sein – so wie die Empfindung, die er beim Anblick der Biographin verspürt hatte; der tiefgreifende Eindruck, daß hier eine Person war, der er schon einmal in einem anderen Leben begegnet war und die er gründlich kennengelernt hatte, obwohl alle Erinnerungsspuren ausgelöscht worden waren. Der Graf schien gleichfalls schon ein alter Freund zu sein – eine geschätzte gegenseitige Bekanntschaft. Schenck mußte mehr über ihn in Erfahrung bringen. Er beschloß, seine Karten zu konsultieren.

Er stellte bald fest, daß der Graf nicht in Rreinnstadt wohnte, und schloß daraus, daß er zu den Besuchern gehören mußte, die für bedeutend genug erachtet wurden (aufgrund ihres Status oder ihrer Verbindungen zu Bürgern Rreinnstadts), um eine eigenständige biographische Behandlung zu rechtfertigen. Schenck zog daraufhin das Faszikel im topographischen Nachschlagewerk zu Rate, das die Aufenthaltsorte der Auswärtigen und Durchreisenden angab.

Das war nicht einfach zu bewerkstelligen. Das Faszikel (in vier Bänden) enthielt eine umfangreiche Zahl von Karten, die (neben anderen Daten) die Standorte von einzelnen Personen innerhalb Rreinnstadts zu verschiedenen Zeiten über eine Periode von etlichen Jahren angaben. Jemanden unter dieser Menge von Nichtansässigen herauszufinden, war ohne einen weiteren Hinweis auf seinen möglichen Aufenthalt nicht zu schaffen.

Doch das Glück war auf der Seite des Kartographen. Etwas später am Tag war er im Kartenraum und traf Gruber, der nach einem Straßenplan suchte, der den Verkehr zur Zeit des Schwanenfestes zeigte (die große, jährliche Feier, die viele Besucher aus dem Umland nach Rreinnstadt lockte). Gruber sagte, daß jemand aus der

Biographie danach verlangt hatte, und Schenck sah die Möglichkeit, dem feierlichen Ort oben mit seinen fesselnden Schätzen einen weiteren Besuch abzustatten.

»Danke für das Angebot«, sagte Gruber, »aber ich würde es lieber selbst raufbringen. Die es verlangt, ist ein hübsches Weibsbild.«

Gespannte Erregung befiel Schenck, als er das hörte; die bloße Vorstellung der Frau, die er wiederzusehen begehrte, machte sie so lebendig, als hätte sie den Raum betreten. Eifersucht beschlich ihn bei dem Gedanken, daß Gruber drauf und dran war, ihn kurz vor dem Ziel zu schlagen. Er mußte sich damit beruhigen, daß Gruber von einer anderen Biographin sprach. »Was für eine ist das denn?« fragte er.

»Rotschopf. Genau mein Typ.«

Er müßte rasch handeln. Er hatte keine Chance, Gruber aufzuhalten, aber er konnte zumindest so viel Informationen wie möglich erhalten, ohne Gruber über seine Absichten Verdacht schöpfen zu lassen.

»Laß mich doch helfen. Welches genaue Datum braucht sie?«

Gruber sagte ihm Tag und Jahr und erklärte sogar, daß die Biographin Zelnecks Reise von seinem Landsitz plante, denn der Graf wünschte, jene Straßen zu meiden, die von reisenden Bauern und Vagabunden am meisten verstopft sein würden.

»Da ist sie«, sagte Gruber, der die gesuchte Karte gefunden hatte. Dann strich er sich die Haare glatt und rückte seine Krawatte gerade, als er mit dem Band unter dem Art hinausging. »Bis später!«

Schenck wurde es übel angesichts der Aussicht, von diesem Flegel ausgestochen zu werden. Doch zumindest wußte er nun die genaue Zeit von Zelnecks Besuch. Er ging zum Nachschlagewerk zurück und studierte jeden Plan von Rreinnstadt für den entsprechenden Tag. Nach einer Stunde angestrengten Suchens fand er schließlich den Grafen.

Da lag er auf einer Karte des Tischner-Viertels von Rreinnstadt am ersten Morgen des Schwanenfestes. Sie zeigte den frühen Morgen, die Sonne war gerade erst aufgegangen, und alle Welt lag noch in tiefem Schlummer, außer ein paar Schlaflosen, die – säuberlich mit ihren Namen beschriftet – in den Straßen und Parks gekennzeichnet waren, in denen sie herumliefen. Verschmähte Liebhaber vielleicht oder benommene Zecher, möglicherweise sogar Verbrecher – die zu der Zeit bereits in Rreinnstadt aufzutauchen begannen. Und in einem Gasthof in der Schlessingerstraße (wie viele solcher Herbergen hatte Schenck erst kürzlich abgesucht!) in einem der oberen Zimmer zeigte ein blaßblaues Rechteck das Bett, in dem der Graf lag. Ihr Graf. Als er auf dieses säuberlich gezeichnete Symbol sah, war es Schenck, als würde er direkt in das Herz der Biographin blicken. Und er dachte wiederum an jenes faszinierende Rechteck aus Hals und Busen, jene verwirrende Karte eines Territoriums, dessen Merkmale ihm in einem Code präsentiert worden waren, den er immer noch zu entziffern versuchte, als er die Erinnerung daran immer wieder durchstöberte.

Schenck hätte fast das Buch aufgehoben und an die Brust gedrückt. Hier war der Graf – hier eröffnete sich ihm der Einstieg in die Welt der Biographin, ihre Welt. In diesem Augenblick dachte auch sie an den Grafen – spann das Gewebe seiner Existenz, fügte die Ereignisse zusammen, die ihn formen würden; heroische oder edle

Taten, die ihn bilden würden, Erinnerungen, die er mit sich nehmen würde, während er seine Reise zu jenem Bett antrat, wo er schlafen würde, in einem Gasthof in Rreinnstadt am Morgen des Schwanenfestes.

Alles an dieser Taverne war nun reizvoll. Er konsultierte andere Karten, fand den Erdgeschoßplan des Gebäudes; studierte jedes Detail, erforschte die Zimmer, auf welche die Biographin womöglich auch stoßen würde, sobald sie den Grafen an seinen Bestimmungsort gebracht hatte. Und er studierte wiederholt den Plan, der den im Bett schlafenden Grafen sowie auch alle übrigen Nichtansässigen und Durchreisenden – die Bettler in den Parks grau markiert – und alle minutiös eingezeichneten zusätzlichen topographischen Details zeigte. Ein Laubhaufen, der bald fortgeweht werden würde. Ein Bierfaß, das vom Wagen gefallen und aufgebrochen war, seinen Inhalt über die Straße ergossen hatte. Das Bier (symbolisiert) lag an diesem frühen Morgen unaufgewischt da und verbreitete sein Hopfenaroma bis zu den schlafenden Städtern (die kräftig riechende Wolke war von nicht klar bestimmter Ausdehnung, aber ihre Darstellung war in der Zeichenerklärung am Rand aufgeschlüsselt). Selbst die umherstreifenden Hunde waren in ihren Fährten erstarrt, durch winzige Kreuze markiert.

Und die Taverne, deren Gäste lokalisiert und benannt waren. Der Graf war nicht allein in seinem Zimmer. Auf dem Boden neben ihm sah Schenck einen unregelmäßigen Umriß von vage menschlichen Proportionen, ausradiert und neu gezeichnet. Daneben befand sich eine Bleistiftnotiz, die Schenck nicht leicht entziffern konnte. So etwas wie ›Pfitz‹. Das mußte der Diener des Grafen sein. Und der Kartograph verspürte noch größere Freude darüber, daß seine Forschungen ihn noch etwas weiter in das Leben des Grafen geführt hatten.

Doch was war mit Gruber? Schenck hatte ihn nicht wieder gesehen; er konnte nur spekulieren, was für ein Erfolg diesem bei der Biographin schon beschieden sein mochte. Den Rest des Tages ging er mit kummervollem Herzen seiner Arbeit nach – Konturen wurden schlecht gezeichnet, Koten falsch numeriert. Er konnte nur an den Grafen und an Pfitz denken, und vor allem an die reizende Biographin.

Als der Abend nahte, packte Schenck seine Sachen und machte sich auf den Weg zu seiner Wohnung. Er folgte blind den Straßen, als er seine gewohnte Strecke wählte, wobei er kaum die Fuhrleute, die Blumenverkäuferinnen oder die Arm in Arm spazierenden Paare bemerkte. Aber als er an den Eisentoren des Parks vorbeikam, wurde er grob aus seinen Träumen gerissen. Am fernen Ende der Straße sah er Gruber und die Biographin. Sie mußte eingewilligt haben, daß er sie heimbegleitete. Schenck machte sich auf die Verfolgung und versuchte sicherzustellen, daß er nicht gesehen wurde, falls einer der beiden sich umdrehte. Es wurde auch schon dunkel, und die beiden Gestalten vor ihm schienen zu sehr in ihre Unterhaltung vertieft, um womöglich einen Blick zurück zu werfen. Schenck verfluchte sein Pech. Hätte er doch bloß mit Land- und Hauptstraßen anstelle dieser vermaledeiten Wasserwege zu tun, dann hätte er und nicht Gruber den Auftrag erhalten, die Karte für die Biographin zu finden. Und dann würde er nun neben ihr gehen und ihren zarten Arm an seinem spüren.

Bei der Verfolgung blieb seine Aufmerksamkeit auf die beiden Gestalten vor ihm gerichtet; ihre Nähe, die symmetrische Bewegung ihrer Glieder, ihre im langsamen Nebeneinanderschreiten schwankenden Körper, wie Schilfhalme in einer leichten Brise. Ihm war so, als sähe er den Tod aller seiner Träume vor sich. Aber dennoch folgte er ihnen durch eine Reihe von Straßen. Was hoffte er zu entdecken? Würde er schließlich trübselig unter einem Fenster zum Stehen kommen, hinter dem er die beiden Gestalten in einer Umarmung sähe?

Sie befanden sich nun in einer dunklen Gasse, die von hohen, nach vorn geneigten Häusern gesäumt war. Es war keines der besseren Viertel der Stadt, und Schenck hätte sich auf seinem Weg hier unbehaglich gefühlt, wenn seine Aufmerksamkeit nicht so von dem vor ihm gehenden Paar in Anspruch genommen worden wäre. Es war sonst niemand zu sehen, und es herrschte auch kein Verkehr, und deshalb schrak Schenck zusammen, als er eine Kutsche erst hörte und gleich darauf an sich vorbeipreschen sah. Sie fuhr viel zu schnell für diese enge Straße, und als sie auf Gruber und die Biographin zuraste, sah Schenck, wie ein Rad auf den Gehsteig geriet. Sie würden getroffen werden! Alles geschah viel zu rasch, als daß Schenck hätte entscheiden können, ob er einen Warnruf ausstoßen sollte. Das große Rad der Kutsche hatte Gruber bereits umgestoßen und gegen eine Wand geschleudert; er lag am Boden und fluchte laut dem entschwindenden Gefährt nach, während die Biographin ihm wieder auf die Füße half. Der Kartograph verspürte eine – mit Schrecken gemischte – böswillige Freude beim Anblick Grubers, einer lächerlichen Figur, die sich den Schmutz abwischte und mit schmerzenden Gliedern weiterhumpelte. Gruber schien nicht ernstlich verletzt zu sein, aber nun bestand die Gefahr, daß er und die Biographin sich umblickten und Gruber sahen – und vielleicht sogar eine Beteiligung von seiner Seite vermuteten (seine Freude war so geartet, daß er sich in gewisser Weise verantwortlich fühlte). Schenck lief zur Straßenecke zurück, wo er aus ihrem Blickfeld verschwand. Als er schnellen Schrittes zu seiner Wohnung ging, empfand er Schadenfreude darüber, daß die zufällige Bahn einer schlecht gelenkten Kutsche Gruber komisch und absurd hatte aussehen lassen, dessen Pläne durchkreuzt und Schencks Hoffnungen neues Leben eingehaucht hatte.

KAPITEL DREI

Am nächsten Morgen erschien Gruber nicht zur Arbeit. Sein Arm schmerzte ihn zu stark, als daß er hätte schreiben können. Schenck bedauerte ihn nun, aber das konnte er sich leicht leisten, da der Unfall gleichzeitig ein Hindernis beiseite geräumt und eine Gelegenheit geschaffen hatte. Die Karten waren noch nicht von der Biographiesektion zurückgebracht worden – das hatte Schenck nachgeprüft. Er konnte hingehen und sie zurückverlangen.

Schenck bereitete sich sehr gründlich auf die Begegnung vor. Er bedachte die Art, wie er auf ihren Schreibtisch zugehen, die Weise, wie er ihre Aufmerksamkeit auf sich ziehen und sie veranlassen würde, aufzublicken und ihn wahrzunehmen. Kein Hüsteln und keine ungeschickte Geste – er würde sie klar und zuversichtlich ansprechen. Er probte es im Geiste durch: »Entschuldigen Sie« oder »Entschuldigen Sie, Fräulein«. Oder »Guten Morgen«. Die letzte Formel erschien als die mächtigste, die geschäftsmäßigste. »Ich glaube, Sie haben noch immer gewisse Kartenwerke…« Und während ihres Gesprächs würde er sie beobachten, ihre Reaktionen einschätzen, die verschiedenen Möglichkeiten abwägen.

Doch was, wenn alles schrecklich schiefging?

Nach zwei Stunden der Unschlüssigkeit fühlte sich Schenck bereit, seine Mission durchzuführen. Er durfte nicht weiter in Verzug geraten, denn sonst würden die Karten zurückgebracht werden, bevor er seine Chance wahrnahm. Er ging nach oben und befand sich wiederum in der stillen Zitadelle der Biographen. Die gesuchte Frau saß mit dem Rücken zu ihm an ihrem Tisch. Er genoß den Anblick, der sich ihm beim Näherkommen bot: der straffe Bogen ihrer Schultern und der blanke Nacken, den ihr hochgebundenes Haar frei ließ. Dann stand er neben ihrem Tisch, und sie schien ihn noch immer nicht bemerkt zu haben.

Seine Entschiedenheit, seine feste Zuversicht schienen sich wie durch Zauber auf den wenigen Schritten von der Tür bis zu seinem jetzigen Standpunkt in Luft aufgelöst zu haben. Er wartete und hoffte, sie würde aufblicken. Er versuchte sogar, das zu lesen, was auf dem Blatt vor ihr stand. Schließlich zwang er sich zum Sprechen, doch dabei kam ein verlegenes Quäken heraus, das er genötigt war, als ein Hüsteln zu tarnen. Die Biographin blickte streng zu ihm auf, und das taten auch alle anderen in dem stillen Raum. Es war schon schwer genug, sie einfach anzusprechen, doch nun war es Schenck, als würde er zur versammelten Mannschaft reden, zu allen ihren Kollegen und Bekannten. Er hätte sich am liebsten wieder in die Geborgenheit seiner Pläne geflüchtet.

»Ich bin gekommen, um eine Karte zu holen. Sie haben sie ausgeliehen... Sie ist gebracht worden... Letzten Abend. Ich meine, gestern.«

Sie hatte den Band bereits unter einem Stapel anderer Bücher hervorgezogen. Schenck bemerkte, daß sie starke Arme hatte.

»Das da?« Sie hielt ihn ihm entgegen. Die übrigen Biographen hatten mittlerweile das Interesse an ihm verloren.

»Ja. Dankeschön.« Er nahm ihn ihr ab und spürte das starke, störrisches Gewicht. Hatte er sein Bestes getan? Sollte er nun kehrtmachen und verschwinden? Sie wandte sich bereits wieder ihrer Schreiberei zu.

»Soviel ich weiß, arbeiten Sie an Graf Zelneck?«

»Das stimmt.«

Sie hatte einen faszinierenden Leberfleck unter dem linken Ohr. Sie sprach mit dem selbstsicheren *ennui*, den nur außergewöhnliche Schönheit hervorbringen kann.

»Und sein Diener Pfitz?« Schenck sagte dies, um so zu klingen, als wüßte er Bescheid – er sprach es so, wie um ihr anzudeuten, daß er bereits in einen Bereich eingedrungen war, den sie als ihren eigenen betrachtete. Er sagte es, weil er sonst nichts anderes vorbringen konnte und die einzige Alternative sein Abgang gewesen wäre.

»Pfitz?« erwiderte sie. »Ich weiß nichts von einem solchen Mann.«

Schenck war völlig perplex. War sie vielleicht nicht weit genug in das Leben des Grafen vorgedrungen, um diesen weiteren Charakter entdeckt zu haben? Aber er blieb beharrlich. Er wollte, daß sie sein großes Wissen über den Grafen mitbekam, was ihr später so nützlich sein könnte. Und so fuhr er fort:

»Ich habe an dem Plan gearbeitet, der den Gasthof zeigt, wo der Graf während seines Besuchs schlafen wird. Pfitz liegt neben ihm.«

Sie sah immer noch verwirrt drein, nun sogar etwas beängstigt. Sie schubste und schob die schweren Bücher herum, mit denen ihr Schreibtisch übersät war, als würde sie von dort Hilfe suchen. »Ich habe noch nie was über Pfitz gelesen. Ich muß seine Existenz übersehen haben...«

Nun sah er die Chance, Eindruck zu schinden. »Aber Pfitz ist der treueste Diener des Grafen – die beiden sind unzertrennlich. Ich bin sicher, in der Dienststelle für Anekdoten auf etwas gestoßen...«

»Haben Sie eine Erwähnung? Die muß ich sehen.«

»Es macht mir nichts aus, der Angelegenheit nachzugehen und sie zu überprüfen. Überlassen Sie das mir.«

Sie lächelte erleichtert, da sie dem Kartographen für die angebotene Hilfeleistung dankbar war. Schenck schwindelte es vor Glück über den unerwarteten Erfolg seiner Aufschneiderei.

»Finden Sie heraus, was Sie nur irgend können«, sagte sie, »und bringen Sie es mir. Ich wäre Ihnen sehr zu Dank verpflichtet.«

Es gab noch so viel mehr, was er herausfinden wollte. Wer war diese Frau? Wie hieß sie? Aber er müßte Geduld bewahren. Er hatte nun einen Vorwand, sie wieder zu besuchen. Er verabschiedete sich und ging wieder nach unten; wie auf Wolken schritt er die Treppe hinunter.

Herumprotzen war ja gut und schön, aber nun mußte Schenck mit Auskünften über Pfitz aufwarten. Er probierte es zunächst mit dem Hauptkatalog, aber da stand der Name nicht drin. Das war nicht ungewöhnlich – es war unwahrscheinlich, daß der bescheidene Diener eines Besuchers einen Eintrag hatte. So entschied Schenck, als nächstes herauszufinden, wer für den Plan, auf dem Pfitz gezeigt wurde, verantwortlich war.

Seine Nachfragen führten ihn zur Gruppe der Illustratoren und Beschrifter im Kartographieamt. Der ältere Bedienstete warf einen kurzen Blick auf den vor seinen Augen entfalteten steifen Plan.

»Hmm. Es hat etwas von Huberts Stil, wenn auch ohne seine leichte Hand; diese Umrisse zeigen ein Zaudern, das ihm eigentlich fremd ist. Die schraffierten Flächen erinnern an Albrecht... Da bin ich mir aber nicht sicher. Und die Beschriftung...«, er linste durch die dicke Lesebrille, »... könnte die Arbeit von Herrn Balthus sein.«

Schenck fragte, ob er diesen Herrn Balthus sehen könne.

»Er ist leider vor etwas mehr als einem Jahr verstorben.«

Da kam er nicht weiter. Schenck versuchte es als nächstes mit dem Index Beiläufiger Bemerkungen in der Dienststelle für Anekdoten. Hatte irgendwer jemals den Namen Pfitz erwähnt? Er konnte immer noch nichts finden. Es schien so, als wäre Pfitz – abgesehen von seiner Anwesenheit im Gasthof – unsichtbar und unbekannt. Aber doch war er da auf der Karte, am Boden neben Graf Zelneck. Schlecht gezeichnet und stümperhaft beschriftet, aber nichtsdestoweniger ein Mensch.

Was sollte er tun? Zur Biographin zurückgehen und ihr bekennen, er habe versagt oder sich geirrt? Im besten Falle würde sie verächtlich mit den Schultern zukken, und die angebahnte Verbindung zwischen ihnen würde für immer abbrechen. Schenck brauchte Pfitz, um einen brüchigen Kontakt mit der Frau aufrechtzuerhalten, deren Namen er immer noch nicht wußte.

Im Porträtbüro – nichts. Die Polizeiakten enthielten auch nichts über ihn, genausowenig die Gildenarchive. Wo hatte Herr Balthus ihn gefunden, als er dessen Namen in die Karte eintrug? Verzweifelt versuchte es Schenck mit dem Büro für Vermißte und Vertriebene, wo eine ältere Dame so lange brauchte, um einen Hinweis zu finden, daß der Kartograph fürchtete, seine Abwesenheit vom Arbeitsplatz müßte bemerkt und ein Suchtrupp nach ihm ausgeschickt werden.

Doch bei seiner Rückkehr stellte er fest, daß die Arbeit in ihrem üblichen schleppenden Gang weiterging, sein Wegbleiben war nicht bemerkt worden. Schenck mühte sich bedrückt mit seinen Karten ab. Er hatte eine so perfekte Möglichkeit gefunden, mit der Biographin zusammenzuarbeiten – Botengänge für sie zu machen, ihr auf vielfältige Art und Weise zu helfen und allmählich ihre Herzensgeheimnisse kennenzulernen. Wenn er nur Pfitz fände.

Der Tag neigte sich seinem Ende zu, und Schenck ging nach Hause, ohne der Entdeckung der geheimnisvollen Person, die eventuell den Schlüssel zur Erlangung der Gunst der Biographin hielt, einen Schritt näher gekommen zu sein. Als er seine Wohnung erreicht hatte, trat Frau Luppen, seine Vermieterin, auf ihn zu; eine prinzipientreue Frau von umfangreichen Proportionen, die in letzter Zeit ein unliebsames Interesse am Wohlergehen ihres Mieters an den Tag gelegt hatte. Frau Luppen fragte Schenck, ob er schon gegessen habe, und bevor er antworten konnte, ordnete sie an, er solle ihr beim Abendessen Gesellschaft leisten, da er – wie sie sagte – so aussehe, als könnte er noch etwas Speck auf den Rippen brauchen.

Ihr Mann war vor vielen Jahren gestorben; einige sagten, an Erschöpfung, andere vermuteten einen Unfall aufgrund einer unbedachten nächtlichen Gewichtsverlagerung seiner Frau. Während er den ihm vorgesetzten Eintopf mit Kohl und Schweinefleisch verdrückte, dachte Schenck an etwas ganz anderes.

»Sie sind in letzter Zeit immer so blaß, Herr Schenck, und schauen aus, als würden Sie dahinkümmern. Sie sind doch nicht *en amour*?« Wenn Frau Luppen kicherte, warfen ihre Grübchen Falten und versanken in den Tiefen ihrer Wangen wie verlorene Inseln.

Schenck wußte nichts darauf zu erwidern. Während er den Worten der Vermieterin lauschte und auf das fettige Stück Schweinefleisch sah – noch mit stoppeligen Borsten –, auf das er mit seiner Gabel gestoßen war, konnte er nur an die Biographin denken, und an all die großen Hindernisse, die er in Angriff zu nehmen und zu überwinden hatte.

Vom Boden hinter ihm hörte Schenck plötzlich ein Kläffen. Es war Frau Luppens Schoßhündchen, ein langfelliges Wesen, nicht größer als eine Ratte, mit einem rosa Schleifchen auf dem Kopf.

»Flussi, kläff jetzt nicht. Komm zu Mammi.« Das Hündchen glitt über den Boden und sprang dann seinem Frauchen auf den Schoß. Es leckte Frau Luppens Tellerrand ab, während die Vermieterin in ihrem Gedankengang fortfuhr.

»Was Sie brauchen, ist eine nette Frau, Herr Schenck. Ich verstehe einfach nicht, daß ein hübscher Mann wie Sie keine Ehefrau finden kann. Einfach nicht aufs Heiraten aus, vermute ich, hm? Sie lassen sich erst verliebte Augen machen und brechen ihnen dann das Herz. Aber ach! Wie wunderbar, jung zu sein. Hier, Flussi.« Sie verabreichte ihrem Schoßhündchen ein Stück Fleisch, und Schenck betrachtete ihre prallen Arme mit den Wülsten an den Ellenbogen. Das war ein Geschöpf wie die Biographin, aber dennoch völlig anders! Wie ihr rosiger Arm über die Brust griff, sich über den Gebirgszug ihres Busens streckte. Ihr Hals mit den tiefen Falten, und die straffen Haarlöckchen, so sorgfältig drapiert. Sie blickte zu ihm her und schien zu erröten, so daß sich auch Schenck unbehaglich fühlte. Er führte den Fang seiner Gabel direkt zum Mund und spürte Schweineborsten an seinem Gaumen.

»Sie verlieren sogar den Appetit. Sie sind doch nicht krank, oder?« Frau Luppen stand auf und legte den Handrücken an Schencks kalte Stirn. So verharrte sie eine Weile, um eventuell erhöhte Temperatur festzustellen. »Am besten geht es natürlich mit der Wange statt mit der Hand.« Sie kicherte wieder. »Aber das könnte falsch verstanden werden.«

Schenck stellte sich ihre Wange an seiner Stirn vor. Ein gewaltiges Fleischkissen. Er sah sich in diese Wülste versinken und auf ewig verlorengehen. Und dann sah er wieder den strengen Blick der Biographin. »Herzlichen Dank für das Essen, Frau Luppen. Sie haben recht, ich fühle mich nicht ganz wohl. Ich werde heute abend früh zu Bett gehen.«

»Haben Sie es warm genug da droben?«

»Ja, ausgezeichnet. Vielen Dank. Gute Nacht.« Der Hund kläffte. »Und auch gute Nacht, Flussi.«

Frau Luppen schüttelte die Pfote des Hundes. »Schauen Sie, sie winkt Ihnen zu!« Es sah so aus, als bemühte sie sich sogar, das Hündchen dazu zu bringen, eine Kußpfote zu machen. »Gute Nacht, Herr Schenck. Lassen Sie sich von der Arbeit nicht erschöpfen.«

Oben in seinem kleinen Zimmer setzte sich Schenck an den Tisch am Fenster und blickte in die Dunkelheit. Wo war sie? Wo war Pfitz? Morgen müßte er seine Suche fortsetzen – aber was, wenn er wieder versagte? Wie lange würde er noch suchen, bis er seine Niederlage eingestehen mußte?

Dann kam Schenck blitzartig die Erleuchtung. Da seine Nachforschungen nichts ergeben hatten, könnte er da nicht statt dessen zu einem Kunstgriff Zuflucht nehmen? Er könnte der Aufschneiderei noch eins draufsetzen. Was hinderte ihn daran, die Geschichte von Pfitz selbst zu erfinden? Er könnte es als fiktives Werk vorstellen, von einem Kopisten der Literatursektion ausgeliehen, das – vielleicht nur locker – auf der wahren Person beruhte. Es wäre kaum mehr als eine Verzögerungstaktik, würde ihm aber eine weitere Unterredung mit der Biographin eintragen. Von seinem eigenen Scharfsinn angespornt, stand Schenck auf und zündete die Lampe an. Dann setzte er sich mit einem vollen Tintenfaß und einem Stapel Papier vor sich wieder hin. Und so begann er, die Geschichte von Pfitz zu erfinden.

KAPITEL VIER

Pfitz und sein Herr, der Graf, bereiten sich auf den Ritt in die Metropole Rreinnstadt vor.

GRAF (auf einem kleinen Hügel sitzend, wo er sich bemüht, seinen Stiefel anzuziehen): Verflixtes Zeug!

PFITZ: Soll ich Ihnen helfen?

GRAF: Nein, ich schlage mich lieber selbst damit herum. Auf die Art wird es mir mehr Genugtuung verschaffen, wenn ich es schließlich geschafft habe, ihn anzuziehen. Sind die Pferde bereit?

PFITZ: Geschirr und Sattel sind es, aber die Pferde selber müßtet Ihr erst fragen. Meiner Ansicht nach sind sie es nicht, aber sie tun immer, was ihnen gesagt wird.

GRAF (sich immer noch abmühend): Zum Teufel mit dem vermaledeiten Stiefel! (Er steht auf, wobei die Ferse unter dem Fuß einknickt, weil er noch nicht vollständig hineingeschlüpft ist.) Schau mich an – wie ein Krüppel. Vielleicht schlüpfe ich noch richtig hinein, wenn ich fest genug aufstampfe.

PFITZ: Genau – stampft, stampft, stampft, bis Ihr bekommt, was Ihr wollt. Dann gebt den Stiefeln die Schuld, daß sie zu klein sind, wo doch Eure Füße zu groß sind. Seid Ihr sicher, daß Ihr keine Hilfe braucht?

GRAF: Da, endlich! Nun zu Pferde und auf den Weg. Glaubst du, wir kommen heute noch hin?

PFITZ: Weder heute noch morgen oder übermorgen.

GRAF: Es ist doch nicht so weit?

PFITZ: Ich denke nicht an die Entfernung. Wie mein Vater zu sagen pflegte, ist die längste Reise von allen diejenige, die einen nirgendwohin bringt.

GRAF: Und was zum Teufel hat er damit gemeint?

PFITZ: Ich habe keine Ahnung. Aber da er ein sehr weiser Mann war, muß ein gewisser Tiefsinn dahinterstecken.

Die Leserin wird bemerkt haben, daß die äußere Erscheinung von Pfitz und seinem Herrn bislang nicht erwähnt wurde, genausowenig wie ein Hinweis auf ihr Alter. Das beruht auf einer wohlüberlegten Entscheidung seitens des Autors. Da er dem Grafen oder seinem Diener niemals persönlich begegnet ist und sich nicht auf die widersprüchlichen Zeugnisse derer verlassen wollte, die versucht haben, den Nachweis ihrer unzuverlässigen Erinnerung mit Worten zu malen, hat der Autor beschlossen, solche Spekulationen völlig wegzulassen.

– Aber wenn der Autor Pfitz und den Grafen nie gesehen hat, wie sollen wir dann irgend etwas glauben, was er uns von ihnen mitteilt?

Weil der Verfasser versichert, daß jedes einzelne Wort der Wahrheit entspricht, und da er ein ehrenwerter Mann ist (so ist mir wenigstens gesagt worden), werden wir ihn einfach beim Wort nehmen müssen.

Pfitz und sein Herr reiten eine Zeitlang schweigend. Schließlich spricht der Graf.

GRAF: Sag etwas, Pfitz, damit die Langeweile nachläßt.

PFITZ: Ist Euch die Landschaft nicht interessant genug?

GRAF: Du weißt doch, wie ich die Landschaft verabscheue. Jeder Baum und Busch erinnert mich nur daran, wie weit ich von der Zivilisation weg bin. Erzähl mir eine Geschichte.

PFITZ: Möchtet Ihr eine ernste oder eine amüsante?
GRAF: Das überlasse ich dir.
PFITZ: Lang oder kurz?
GRAF: Gerade lang genug, daß sie an ihr Ende kommt.
PFITZ: Und soll eine Moral darin sein?
GRAF: Was könntest du mir schon Moralisches beibringen?

Die Leserin wird mittlerweile auch bemerkt haben, daß der Autor bei der Darstellung seines Berichts von den beiden Reisenden jene langatmigen Erzählpassagen vermieden hat, in denen blumige Sprache eingesetzt wird, um den Mangel an fesselnden Ereignissen zu vertuschen. Er hätte uns beispielsweise eine erkleckliche Menge über diesen Stiefel erzählen können, den der Graf sich vor kurzem anzuziehen bemüht hatte – er hätte uns berichten können, wo er hergestellt wurde und wie er dem Grafen durch zahlreiche Schlachten und Abenteuer gedient hatte. Er hätte drei oder mehr Seiten mit dem Anziehen dieses Stiefels verbringen können; die wiederholten, vergeblichen Versuche und die Empfindungen des Zwängens und Quetschens, die der Fuß dabei ausstand. Es gibt viele andere Autoren, die einen solchen Ansatz wählen würden (und viele Leser, die das vorzögen), doch unser Verfasser gehört jedenfalls nicht dazu.

Mittlerweile hatte Pfitz seine Geschichte beendet.

– Das ist nicht fair! Ich wollte sie hören!

Dann hätten Sie Pfitz zuhören sollen und nicht mir.

GRAF: Gut erzählt, Pfitz, und mit einem überraschenden Schluß. Glaubst du, wir sind dem nächsten Dorf schon ein Stück näher gekommen?

PFITZ: Sieht nicht so aus. Es ist schwer zu sagen, wenn es überall gleich aussieht.
GRAF: Das ist ja das Dumme an der Landschaft – alles schaut so verdammt gleich aus.

Sie reiten weiter über Fuhrwege, die keiner Beschreibung bedürfen, da sie wie jeder beliebige Fuhrweg aussehen. Und die Landschaft, durch die diese beiden Figuren reisen, ist etwas, das die Leserin ganz nach Belieben gestalten darf. Schließlich benützt ein Theater, wenn es ein Stück ansetzt, die Kulissen, die gerade zur Verfügung stehen. Ein Baum wird bei einer Shakespeare-Komödie auftauchen und dann in der folgenden Woche wieder bei Corneille; ein Dolch wird so viele verschiedene Auftritte haben, wie es Dramen gibt, die seiner bedürfen, um seinen Part darzustellen. Und immer wenn Sie eine Beschreibung der Landschaft lesen, müssen Sie aus den Ihnen verfügbaren geistigen Kulissen etwas konstruieren, das halbwegs zu den Worten auf der Seite paßt. Naturgemäß wird ein Text, der mit zu vielen Einzelheiten überfrachtet ist, diejenigen Leser benachteiligen, die nur über einen beschränkten Vorrat an geistigem Mobiliar verfügen (aus welchem Grund auch immer). Es geschieht deshalb im Geiste der Fairneß und um alle Leser auf eine vollkommen gleiche Grundlage zu stellen, daß der Verfasser die unfaire Methode solch »deskriptiven« Schreibens vermeidet.

– Aber ich liebe Beschreibungen! Ich möchte eine Szenerie vorgemalt bekommen, in die ich einsteigen kann.

Diese Szenerien existieren nur in Ihrem Kopf. Sie meinen, ein Buch ist gut, weil es Sie an Dinge erinnert, die Sie bereits kennen. Und was soll das?

GRAF: Sag mir, Pfitz, was wirst du tun, wenn wir nach Rreinnstadt kommen?

PFITZ: Ich werde Euch so wie immer dienen.

GRAF: Nein, ich möchte wissen, ob du irgendwelche Absichten hast, die Sehenswürdigkeiten der Stadt oder ihre Gaststätten zu sehen? Ihre Frauen vielleicht?

PFITZ: Schauen wir mal, wie es wird. Wie mein Vater schon immer sagte, der beste Plan ist kein Plan.

GRAF: Ich schließe daraus, daß du ein ungewolltes Kind warst.

PFITZ: Alle Kinder sind ungewollt. Ihre Eltern mögen ein Kind wollen, aber sie können niemals das besondere Kind wollen, das sie bekommen, da sie ja erst wissen, was sie bekommen, wenn sie es bekommen haben.

GRAF: Es gibt aber einige Kinder, deren Empfängnis nur als ein Zufall bezeichnet werden kann. Gehörst du vielleicht dazu?

PFITZ: Alles auf dieser Welt geschieht durch Zufall. Die Umstände, in denen ich gezeugt wurde, bildeten da keine Ausnahme.

GRAF: Davon würde ich gern mehr hören.

– Einen Augenblick noch. Bevor wir fortfahren, könnte ich da wenigstens das Recht haben, auf das zu antworten, was Sie vor einer Minute gesagt haben? Ich meine, es ist sehr dreist von Ihnen, wenn Sie sagen, daß ich nur Bücher mag, die mich an bereits Bekanntes erinnern. Es ist nämlich so, daß ich Bücher mag, aus denen ich etwas lernen kann, und bis jetzt habe ich aus diesem hier noch gar nichts gelernt!

Bitte, liebe Leserin, können Sie mit dieser Unterbrecherei aufhören und uns fortfahren lassen?

– Nennen Sie mich nicht »liebe«. Ich lese keinen Satz weiter, wenn Sie mir nicht das Rederecht erteilen. Wir haben bereits eine der Geschichten von Pfitz versäumt, weil Sie die ganze Zeit gesprochen haben. Warum lassen Sie ihn sie nicht noch mal erzählen?

Aber Pfitz erzählt jetzt schon seine zweite Geschichte – Sie können doch nicht von ihm erwarten, daß er zwei Geschichten gleichzeitig erzählt? Wenn Sie wollen, kann ich für Sie eine Zusammenfassung...

– Nein! Ich möchte sie von Pfitz hören oder gar nicht.

Die Reise von Pfitz und von seinem Meister ist bereits auf das erste Hindernis gestoßen, da unsere Leserin am Wegesrand stehenbleibt und sich laut beschwert. Ich kann hören, wie sie etwas über Sprache, Beschreibung, Erzählerstimme und darüber sagt, daß Bücher von den Realitäten des Lebens, von Gefühlen und von Figuren handeln sollten, die sich im Laufe der ihnen zustoßenden Ereignisse entwickeln. Nun sagt ein anderer etwas zu ihr – ich glaube, er meint, daß ein Buch, welches nur die Welt abbildet, wie wir bereits glauben, daß sie sei, nicht besser ist als die erbärmlichste Belustigung. Er sagt, daß der Zweck eines Buches nicht einfach darin besteht, von einem Ort zum anderen zu gehen, von einem Anfang zu einem Ende, während es dem Publikum die ganze Zeit Bilder vorhält und es auffordert zu glauben, daß sie wirklich sind. Aber sie ist nicht glücklich damit, sie zieht eine Schnute und stampft mit dem Fuß auf. Wie können wir ohne eine Leserin fortfahren? Möchten Sie nicht noch ein Stückchen weiter mit uns kommen?

– Nur, wenn der Autor mich überzeugen kann, daß sein Werk etwas mit der wirklichen Welt zu tun hat.

Der Autor behauptet, daß seine Geschichte, wenn sie

überhaupt der Welt ähneln soll, formlos und unlogisch sein müßte, beliebig von einem Augenblick zum nächsten voranschreiten müßte. Dann werden sich allmählich Muster herausbilden, die auf Ereignisse, Ideen oder Aktionen hinweisen mögen oder nicht. Menschen werden auftauchen, die sich als entscheidend wichtig herausstellen mögen, oder aber sie könnten nach einer einzigen Nacht verschwinden, um nie wieder gesehen zu werden. Und dann, wenn Sie meinen, alles sei ins Rollen gekommen, wird alles urplötzlich aufhören.

Der Autor sagt des weiteren, daß er, wenn seine Geschichte überhaupt der Welt getreulich ähneln soll, nicht versuchen wird, in den Köpfen seiner Figuren zu buddeln und ihnen Gedanken und Empfindungen zuzuschreiben, von denen er nichts wissen kann. Statt dessen werde er in einer so aufrichtigen Art wie möglich ihr Verhalten und ihr Reden berichten. Er werde auch nicht seine Seiten mit eleganten Beschreibungen vollstopfen, da die Welt aus Dingen und nicht aus Wörtern besteht, und die Realität in Worte zu bannen, sei so bedeutungslos, wie zu versuchen, einen Schmetterling aus Sand zu machen.

Können wir nun weitermachen?

– Nur wenn Sie mich die Geschichte hören lassen, wie Pfitz gezeugt wurde!

Also gut; mit Einwilligung des Autors werden wir zu der Stelle mit der Geschichte von Piftzens Geburt zurückblättern.

PFITZ: Meine Mutter stammte aus einem kleinen abgelegenen Dorf, einem Ort, wo nie etwas passiert. Eines Tages kam ein Wanderzirkus zu einem Gastspiel; für das Dorf war es ein Mordsereignis, und für meine Mutter ein großes Abenteuer. Sie war damals sechzehn und hatte so etwas noch nie gesehen. Am Abend zog sie ihr bestes Kleid an, und nach ausgiebiger Bettelei ließen ihre Eltern sie ausgehen.

Der Zirkus bestand ganz gewöhnlich aus einer Ansammlung von groben Zelten und Wagen. Es gab einen Feuerschlucker, einen Jongleur und einen angeketteten Bär. Doch vor allem fesselte meine Mutter ein größeres Zelt, vor dem ein Ausrufer die bevorstehende Darbietung ankündigte.

»Hereinspaziert! Hereinspaziert! Kommen Sie und sehen Sie Fernando, den unglaublichen Hummelkönig.«

Meine Mutter wußte nicht, was das wohl bedeuten sollte. Sie gab dem Ausrufer ihr Geld und schloß sich dann den übrigen Leuten drinnen an.

Das halbe Dorf war vertreten, saß auf Bänken oder stand Schulter an Schulter. Alle versuchten, die kleine Bühne zu sehen, die hinter einem feinen Gazevorhang errichtet worden war. Einige flüsterten, es handle sich um einen Zauberer, andere, er sei eine Mißbildung. Alle hatten gehört, daß seine Nummer mit nichts auf der ganzen Welt zu vergleichen sei. Und dann stand er auf der Bühne hinter der Gaze; ein großer, eleganter Mann mit strahlend schwarzem Haar, glitzernden Zähnen und einem aufgemalten Schnurrbart: Fernando in einem langen Umhang mit einem Glaskasten, der seine Schar Zirkushummeln enthielt.

Ja richtig, Zirkushummeln. Fragt mich nicht, wie er sie dressiert hat, aber da kamen sie nacheinander heraus: fette Hummeln, die fürs Fliegen schon zu schwer erschienen. Zuerst gab es das allgemein übliche Zeug, durch kleine brennende Reifen fliegen und so, während das Publikum durch die Gaze zusah, die sie vor Fernandos seltsamer Menagerie schützte. Er hat einige vorgeführt mit kleinen Papierschnitzeln an den Körpern, so daß sie wie Engel oder schwebende Wolken aussahen. Drei Hummeln waren mit Fäden zusammengebunden, damit sie das Bild einer durch die Luft fliegenden Pferdekutsche ergaben. Fernando hatte überhaupt keine Angst, gestochen zu werden – eine Hummel ließ er sogar zu seinem offenen Mund ein- und ausfliegen, wo sie Blütenstaub von seiner Zunge holte. Zum Schluß, als Höhepunkt der Vorstellung, gab es eine großartige Scheinschlacht, bei der zwei Armeen uniformierter Hummeln in einem tollen Summcrescendo zusammenstießen und herumschwirrten. Die Menge geriet ganz aus dem Häuschen, und dann war die Vorstellung vorbei.

Nachdem alle sich zerstreut hatten, lungerte meine Mutter noch vor dem Zelt herum, verwundert und ergriffen von dem Gesehenen. Dann hat sie Fernando von hinten herauskommen sehen, nun in einen gewöhnlichen, schäbigen Kittel gekleidet. »Haben Sie denen wirklich alle diese Kunststücke beigebracht?« sagte sie. »Sind das echte Hummeln gewesen?«

Fernando war von ihrer Naivität bezaubert. »Ja natürlich«, sagte er. »Es freut mich, daß dir die Vorstellung gefallen hat.« Schon wollte er sich wieder entfernen.

Aber sie rief ihm nach. »Bitte warten Sie.« Und als er sich umdrehte, wußte sie nicht, was sie sagen sollte; sie hat nur auf ihre Zehen geschaut.

Fernando ging wieder auf sie zu, legte ihr die Hand unters Kinn und hob sanft ihr Gesicht. »Da gibt es einen ganz besonderen Trick«, sagte er, »den ich normalerweise in die Darbietung für das allgemeine Publikum nicht einbaue. Möchtest du ihn gern sehen?« Und so führte er sie wieder ins Zelt.

Sobald er drin war, zündete er die Lampen wieder an und stellte sich hinter die Gaze in Positur. Er holte den Glaskasten voller Hummeln heraus, stellte ihn bedächtig vor sich auf den Tisch und hob den Deckel ab. Dann trat er zurück, breitete seine Arme weit aus und hob sein stolzes Gesicht erwartungsvoll.

Sie sind allmählich herausgeflogen; anfangs erst nur wenige, aber bald brummte ein großer Schwarm in der Luft. Einige hatten ihre kleinen Engelsflügel aus Papier noch an. Es war eine gewaltige, schwirrende Wolke aufgeregter Hummeln. Und sie flogen alle auf Fernandos Kopf zu, kreisend und landend, kriechend und suchend. Ein ganzer Klumpen hat sich auf seinem Gesicht, auf seinem Haar gebildet; ein riesiger Bart hing von seinem Kinn, und der Ort, auf den sie sich alle wie von einer unsichtbaren Kraft geführt zubewegten, war sein offener Mund. Sie haben sich auf seiner Zunge gedrängt; einige sind heruntergeschubst worden, aber wieder zurückgeflogen, um es noch einmal zu versuchen. Alle sind sie reingekrabbelt – Hunderte, Tausende von ihnen rein in Fernandos Mund und seine Kehle hinunter in ihre menschliche Wabe, so daß ihr Summen von drinnen zu hören war. Und im offenen Mund konnte meine Mutter nun kein rosa Fleisch sehen, sondern das schimmernd gelbe Wachs einer Honigwabe.

Sie ist schreiend rausgerannt, durch die Menge, die sich immer noch um die anderen Attraktionen geschart hat, und hat auf dem gesamten Heimweg geschrien und sich geweigert, irgend etwas von dem zu berichten, was sie gesehen hatte. Am Morgen war Fernando mit seinem Zelt und seinem Kasten mit den Hummeln verschwunden.

GRAF (lachend): Ich glaube dir kein Wort. Ich habe eigentlich gedacht, du wolltest mir erzählen, wie es dazu kam, daß du geboren wurdest.

PFITZ: Aber ja, mein Herr, das wollte ich auch. Also, sechs Jahre später ist meine Mutter in die Stadt gezogen und hat einen Glaser geheiratet.

Es hatte zu regnen begonnen. Sie suchten unter einem Baum Zuflucht. Nach einer Weile hörte der Regen auf.

– Weswegen haben Sie mir das erzählt?

Der Verfasser erwähnt das nur, weil es wirklich geschehen ist. Sehen Sie nur, Sie sind naß geworden. Regentropfen sind auf Ihrem Ärmel. Darf ich sie abwischen…

– Machen Sie sich keine Mühe. Ich möchte mehr von Pfitzens Geschichte.

GRAF: Wie kam es also zu deiner Geburt?

PFITZ: Ich hab's Euch schon gesagt; es ist zufällig passiert, Herr, genauso wie alles andere auf dieser Welt.

GRAF: Glaubst du das wirklich, daß alles ein Zufall ist? Womöglich sogar unsere eigenen Gedanken?

PFITZ: Das hat mein Vater immer gesagt, und ich habe keinen Grund, seine Weisheit anzuzweifeln.

Sie hören einen dumpfen Aufprall neben der Straße. Ein Apfel ist vom Baum gefallen. Pfitz steigt vom Pferd, um ihn aufzuheben.

PFITZ: Gerade als mir nach etwas zum Schnabulieren war! Versucht mir jetzt bloß zu sagen, daß dies kein purer Zufall war.

GRAF: Der Apfel ist in diesem Augenblick herabgefallen, weil die Gesetze der Schwerkraft und der Mechanik es so bestimmten. Da ist er gefallen, weil er keinen Augenblick später und keinen Augenblick früher hätte fallen können.

PFITZ: Aber warum bin ich hier gewesen, um ihn aufzuheben?

GRAF: Weil die Gesetze, die die Bewegung von Äpfeln bestimmen, auch die Atome in deinem Körper und deinem Gehirn steuern, und alles zusammen hat sich auf eine Weise bewegt, die dich zu dieser Zeit an diesen Platz gebracht haben. Sie haben dich beschließen lassen, mir hierher zu folgen, und sie haben dich hungrig gemacht, und sie haben dich vom Pferd steigen lassen. Dein Leben ist so vollständig bestimmt wie die Bahn eines fallenden Apfels. Jedes Ereignis hat eine Ursache, und jede Ursache ist selbst das Ergebnis eines früheren Ereignisses. Wenn du die Kette weit genug zurückverfolgst, wirst du feststellen, daß alles, was auf der Welt geschieht, so passiert, weil es einer logischen Notwendigkeit entspringt.

PFITZ: Versucht das mal meinem Vater zu erzählen! Ich bin sicher, er hat nicht so gedacht, als er mich zeugte.

Um die Wahrheit zu sagen – auf eine solche Debatte ließen sich Pfitz und der Graf bei vielen Gelegenheiten ein. Denn der Graf hatte Pfitz nicht nur das Lesen beigebracht, sondern ihn auch noch die Werke aller großen Philosophen studieren lassen, damit Herr und Diener die Zeit mit anregenden Diskussionen verbringen konnten. Und so kam es, daß Pfitz Platon und Aquin, Spinoza und Locke kannte. Doch schließlich und endlich stimmte er immer noch dem zu, was sein Vater zu sagen pflegte, daß nämlich nichts auf der Welt je schwarz und weiß ist.

– Aber hat nicht der Autor den Apfel fallen lassen? Und die Geschichte von Pfitzens gesamtem Leben muß doch vorbestimmt sein, da der Verfasser von Anfang an weiß, wie alles enden wird.

Was ist dann mit Ihrem eigenen Leben, Leserin? Ist es eine Geschichte, die bereits im Geiste ihres eigenen Autors beschlossen worden ist? Es gibt einige, die glauben, daß die Welt selbst nichts weiter als ein großes Buch ist, das oben von einer unsichtbaren Hand geschrieben wird, und unsere Leben sind nichts als das allmähliche Lesen eines Schicksals, das schon eine Ewigkeit vor unserer Geburt existiert hat. Und es gibt einige, die glauben, daß unser Leben nur eines von verschiedenen möglichen Büchern in einer riesigen Bibliothek ist, und wir werden nie wissen, welches Buch das unseres eigenen Lebens ist, bis wir zur letzten Seite kommen (wenn es allerdings zu spät sein wird, um noch viel daran zu ändern). Wieder andere versichern, daß die Bücher geschrieben werden, während wir sprechen, und ihre Handlung ist etwas, worauf wir einen gewissen Einfluß nehmen können. In dieser bestimmten Schule wird darüber debattiert, ob die Art, auf die diese Bücher zustande kommen, bereits von einem höheren Buch in einer übergeordneten Bibliothek diktiert wurde oder ob es wohl tatsächlich eine endlose Hierarchie von Büchern und Bibliotheken gibt, welche das Schicksal der Koinzidenzen regelt, die Koinzidenzen des Schicksals, das Schicksal der Schicksale, die Koinzidenzen der Koinzidenzen.

– Mein Herr, versuchen Sie nun, mich mit Philosophie zu verführen?

Vielleicht steht es da droben so geschrieben, daß dies geschehen wird.

– Wir werden ja sehen.

GRAF: Aber wenn ich deinen Apfel in die Hand nähme und ihn dann fallen ließe, ist es gewiß kein Zufall, daß er zu Boden fällt?

PFITZ: Bloß weil Äpfel in der Vergangenheit es immer so gemacht haben, heißt das nicht, daß sie für alle Zeiten so weitermachen werden. Was ist, wenn Ihr eines Tages einen Apfel loslaßt und bemerkt, daß er wie ein Vogel in die Luft fliegt?

GRAF: Dann würde ich daraus schließen, daß ich entweder verrückt bin oder der Apfel gar kein wirklicher Apfel war...

PFITZ: In welchem Fall Äpfel nur laut Definition fallen...

GRAF: Oder aber ich müßte folgern, daß das Gesetz der Schwerkraft außer Kraft gesetzt worden ist.

PFITZ: Und folgt vielleicht die Natur gewohnheitsmäßig aus einem gewissen Sinn für das allgemeine Wohl diesem Gesetz?

GRAF: Ich weiß es nicht. Sie tut es einfach.

PFITZ: Dann besteht Eure Erklärung der logischen Ursache, warum ein Apfel fällt, darin, daß er es »einfach tut«. Und wir könnten uns genausogut eine Welt vorstellen, in der er es »einfach nicht tut«. Gibt es demnach einen besonderen Grund, warum wir uns gerade in dieser Welt befinden und nicht in einer anderen?

GRAF: Also mir behagt es vollkommen, auf dieser Welt zu leben, Pfitz, trotz aller Fehler und Mängel; und hoffentlich werde ich hier noch eine sehr lange Zeit weiterexistieren. Du stellst dir eine chaotische, zufallsbestimmte und sinnlose Welt vor – aber was ist mit den großen Errungenschaften der Naturwissenschaftler und Astronomen? Was ist mit Herrn Newton und seiner Erklärung der Mechanismen, die das Universum antreiben? Sie haben die ganze Sache schon fast unter Dach und Fach. Gib ihnen bloß noch ein paar Jahre, in denen sie noch offenstehende Probleme lösen, dann werden wir (oder eher sie) die allerletzten Naturgesetze verstehen. Wir werden das, was Gott im Sinn hat, wirklich wissen.

PFITZ: Das wäre allerdings höchst interessant.

GRAF: Aber ich bin in der Geschichte, wie du auf die Welt gekommen bist, immer noch nicht weitergekommen.

PFITZ: Das vielleicht nicht, aber wir haben es geschafft, uns inzwischen etwas näher auf Rreinnstadt zuzubewegen. Habt Geduld, Herr. Ich werde Euch den Rest später erzählen.

KAPITEL FÜNF

Wie lange es dauert, eine Geschichte zu schreiben, die in ein paar Minuten zu lesen ist! Nur der Gedanke an die Biographin hielt Schenck aufrecht, als er den ersten Teil von Pfitzens Geschichte erfand, doch schließlich brach er erschöpft über seiner Arbeit zusammen. Als er wieder zu sich kam, befand er sich noch voll angekleidet am Schreibtisch, und das bleiche Licht der Morgendämmerung stahl sich über ihn.

Aufzustehen, ohne in den Genuß von Schlaf gekommen zu sein, ist eine verwirrende Erfahrung. Sein Mund war trocken, seine Glieder schmerzten, und er hatte das Gefühl, er sei nicht mehr er selbst, sondern beobachte statt dessen die Bewegungen eines Fremden. Ein Mensch, der ohne Schlaf auskommen mußte, findet sich in einer unvertrauten, blassen Welt wieder; die stille Straße unter seinem Fenster, die sich zu ihren ersten geheimen Tagesritualen aufrüttelt, das an Euphorie grenzende Schwindelgefühl. Schenck fühlte sich genau so, wie wenn er die Nacht mit der Biographin verbracht hätte; als hätten ihre Zärtlichkeiten und nicht die langwierige Aufgabe des Schreibens (durch die er jene Zärtlichkeiten zu gewinnen hoffte) den Schlaf ausgeschlossen. Er versuchte sich vorzustellen (oder er beobachtete sich eher, wie er sich etwas vorzustellen versuchte), daß sein Zustand in Wahrheit von einer mit ihr verbrachten Nacht herrührte. Als er vom Tisch aufstand und die darauf liegenden Blätter einsammelte, versuchte er, sich so zu benehmen wie jemand, der jüngst vom Glück begünstigt worden war. Seine Gesten – der Schwung seines Arms, mit dem er sein Haar ordnete, das Strecken und Krümmen des Rückens – wurden nicht nach Art eines erschöpften Schreibers, sondern eines befriedigten Liebhabers ausgeführt. Er beobachtete sich dabei, wie er im Geiste diese gegensätzlichen Möglichkeiten verglich und unterschied. Wie konnte er aus seinen gegenwärtigen Empfindungen mit Sicherheit ermessen, daß er die Nacht der Mühsal und nicht der Liebe geopfert hatte?

Er ging leise aus dem Haus, achtete darauf, kein Geräusch zu machen, das Frau Luppen stören würde, deren sanftes Schnarchen wie ein Singsang aus ihrem Schlafzimmer zu hören war. Er schritt durch leere Straßen, bis er an seinem Arbeitsplatz ankam (lange vor allen anderen), dann fand er sich unversehens am Schreibtisch wieder, wo er ein Brötchen verzehrte, das er sich am vorigen Tag dort aufgehoben hatte. Das Essen in seinem Mund schmeckte nach nichts, es war nur eine grobe, trockene Masse. Er wünschte sich sehnlichst, daß seine Kollegen kämen und der Tag zu diesen bequem profanen Bereichen vorrückte, mit denen er vertraut war. Aber dennoch genoß er auch dieses Vorrecht, allein und ehrenwert des Schlafs beraubt zu sein, mit jeder Bewegung die Willensanstrengung und den Konzentrationsaufwand zu spüren, in sich die (normalerweise unbeachteten) Lebensabläufe, das Lebendigsein zu fühlen – eine in der Hast des Tages so leicht außer acht gelassene Empfindung. Weil er sich des mangelnden Schlafes bewußt war, wurde er sich auch dessen bewußt, wie es sich anfühlt, wach zu sein; er verstand die Komplexität, die Reichhaltigkeit einfacher Handlungen, die sonst nichts anderes als Reflexe waren. Und wenn er mit der Biographin ins Bett gegangen wäre und sich nun genauso schlaflos fühlen würde wie jetzt, um wieviel größer wäre dann sein Glücksgefühl? Hätte er die körperliche Liebe bis zur Neige gekostet und die ganze Nacht zuckend in ihren Armen gelegen, wäre er nun damit beschäftigt, sich eine andere Art der Befriedigung vorzustellen, bei der sein der Ruhe beraubter Körper wohl geringfügig anders aufbegehrte?

Schließlich tauchten sie allmählich auf, jene anderen Arbeiter, die ihren Kollegen überrascht und ehrerbietig oder mit wissenden Blicken begrüßten und deren stumme Fragen der Kartograph so zweideutig wie möglich zu erwidern suchte. Nun konnte er die schwierige Aufgabe angehen, die Tagesarbeit zu bewältigen, ohne darüber einzuschlafen. In seiner Aktentasche schlummerte währenddessen das Manuskript, das ihn um die Ruhe gebracht hatte.

Bei der ersten sich bietenden Gelegenheit ging er nach oben, um es abzuliefern. Da war wieder die Biographin, die immer noch am Leben des Grafen arbeitete. Er hatte während der vergangenen Nacht so viel an sie gedacht und sich so angestrengt, sie im Geiste wiedererstehen zu lassen, daß sie ihm kaum mehr bekannt vorkam, da er sie jetzt wirklich sah. Seine Träume hatten in einem einzigen Bild Wurzeln geschlagen, in einem einzigen Moment, während dem er ihren vornübergeneigten Kopf gesehen hatte. Dieses Bild war nur unvollständig bewahrt worden, und das Gesicht, das er im Geiste zu sich gehoben und geküßt hatte, war sein Entwurf, eine Deutung der vielen möglichen Erscheinungsformen jenes geneigten Kopfes. Die Frau, die er jetzt sah, die wirkliche Frau, paßte nur annähernd in seine Rekonstruktionen, was es ihm ermöglichte, sich ihr beinahe beiläufig zu nähern, als wäre sie eine Fremde.

Er überreichte ihr die handgeschriebenen Seiten und erklärte, er hätte sie von einem Kopisten in der Literatursektion geborgt. Er könne nicht für die Genauigkeit des Berichts einstehen, würde aber weiter nach Informationen suchen. Die Biographin dankte ihm und sagte, sie würde eine kleine Weile brauchen, um den Text zu studieren.

»Soll ich später wiederkommen?« fragte er.

»Vielleicht komme ich nicht dazu, alles bis dahin zu lesen. Könnten wir uns nicht heute abend treffen?«

Diese Worte machten den Kartographen erst benommen, bevor sie Entzücken hervorriefen. Nicht nur verlief alles vollkommen nach dem von ihm ersonnenen Plan, sondern es schien auch, daß die Biographin willens war, die Initiative auf eine Art zu ergreifen, die so bestimmend war, daß sie ihn fast einschüchterte. Die Geschichte, deren Abfassung ihm eine Nacht voll Schlaf geraubt hatte, war nichts weiter als ein Vorwand, der es ihnen beiden ermöglichte, an diesen Punkt der Verhandlungen zu gelangen. Und nun steckten sie beide in einer Verschwörung, jeder am von ihnen gemeinsam ersonnenen Komplott beteiligt, wenn auch dessen weiteres Ausmaß noch immer köstlich ungewiß war.

Sie würde ihn am Ende des Tages am Haupteingang treffen. Dann widmete sie sich wieder den Papieren vor ihr, und er ging weg.

Er arbeitete gerade an einer Karte des Kanalisationsnetzes von Rreinnstadt. In dem verschlungenen Liniennetz, in dem es wie in einem Schlangennest kreuchte und kringelte, sah er in seiner Phantasie zwei sich windende, in Schweiß gebadete Gestalten vor sich. Doch nun erstreckte sich der Tag vor ihm wie das Geringel eines riesigen trägen Reptils; die Stunden langgedehnt von seiner Ungeduld und seinem Verlangen, zu erfahren, was für ein Schicksal ihn an diesem Abend erwarten würde.

Inzwischen war noch weitere Arbeit zu erledigen. Was war mit Pfitz? Wieder holte Schenck den Plan heraus, auf dem er ihn entdeckt hatte. Er besah sich genau das Zimmer im Gasthof, wo der Graf im Bett lag. Die Gestalt von Pfitz, wie er jetzt sehen konnte, hatte bereits einige Korrekturen erfahren. Und sein mit Bleistift geschriebener Name war in einer anderen Schrift als sonst auf der Karte. Wer hatte ihn dorthin versetzt? Vielleicht hatte Balthus die Antwort mit ins Grab genommen.

Schenck untersuchte das Blatt minutiös. Er hielt es gegen das Licht, sah von hinten auf die Zeilen, durch die dicke Schicht. Er suchte nach einer Bedeutung in dem kümmerlich gezeichneten Symbol; ein unregelmäßiger Fleck, der womöglich eine Decke andeutete, unter der Pfitz im Schlaf lag. Und nun konnte Schenck sehen, daß sich neben diesem Zeichen die Eindrücke von Buchstaben befanden, die ausradiert worden waren. Er buchstabierte sie nacheinander durch, bis er das Wort hatte. *Spontini.*

Hier war also eine weitere Figur in der Geschichte des Grafen. Ein weiteres Fragment, das Schenck ausgegraben hatte und das er irgendwie in das Bild einfügen mußte, das schließlich seine freudige Verbindung mit der Biographin enthalten würde.

Er probierte es wieder mit dem Hauptkatalog, und diesmal wurde seine Mühe belohnt. Es gab einen Eintrag für Spontini; es war der Name eines Schriftstellers. Weitere Details gab es nicht, aber Schenck hatte, was er brauchte. Nun konnte er in die Literatursektion gehen, um mehr herauszufinden.

Die war in einem anderen Gebäude untergebracht, und sie war ein Ort, dessen Besuch Schenck bisher noch nie erwogen hatte. Im großen, kreisrunden Lesesaal bot sich ihm der ehrfurchtgebietende Anblick der dicht vollgestellten Regale, die sich hoch auftürmten und in jede Richtung ausdehnten.

Am Empfang saß ein Aufseher gebückt über einem großen Buch. Schenck näherte sich leise und zögerte zu sprechen, aus Angst, dessen Lektüre zu unterbrechen. Plötzlich gab der Aufseher ein Kichern von sich, wobei er den Kopf hob und den Besucher bemerkte.

»Einen schönen Nachmittag«, sagte der Aufseher und fühlte sich dann bemüßigt, als Erklärung für seinen Ausbruch einen Kommentar zu dem Band vor ihm abzuliefern. »Rimmlers nächstes Buch. Einer von Rreinnstadts besten Autoren. So erfrischend.«

Er sagte dies auf eine Art, die beinahe verschwörerisch war, als erwarte er, daß Schenck alles über Rimmler wußte, obwohl er tatsächlich noch nie von ihm gehört hatte.

»Sein *nächstes* Buch?«

»Noch nicht beendet. Aber es wird eines seiner besten werden, das kann ich schon sagen.« Und dann senkte er den Kopf wieder, als wäre die Anwesenheit des Kartographen nichts weiter als eine kurze Unterbrechung. Er studierte die – wie Schenck nun sehen konnte – Zeilen auf den Seiten eines säuberlich geschriebenen Manuskripts; der Text endete auf der Hälfte eines der Blätter. Der Aufseher betrachtete die leere Stelle mit großer Konzentration.

»Natürlich!« sagte er schließlich, nahm dann seinen Füller und fing zu schreiben an. »Dieser Rimmler«, nuschelte er, »bei dem weißt du nie, was ihm als nächstes einfällt.«

»Aber Sie schreiben das Buch ja selbst.«

Der Aufseher blickte erneut auf, da er wieder an den lästigen Besucher erinnert wurde und offenbar von einer derartigen Dreistigkeit irritiert war.

»Ja und?«

»Ist das Buch von Rimmler oder von Ihnen?«

Die Miene des Aufsehers drückte Verwunderung über diese an den Tag gelegte Naivität aus.

»Sie verstehen eindeutig nicht sehr viel von der Tätigkeit der Literatursektion. Die Arbeit, mit der Sie mich beschäftigt sehen, gehört zu meinen Pflichten als Mitglied des Autorenkomitees. Rimmlers Romane werden in Kooperation von einer fünfköpfigen Gruppe hergestellt. Ich bin einer von dieser Gruppe. Alles, was wir von Rimmler selbst wissen, kommt aus der Biographiesektion. Wir wissen zum Beispiel, daß er zehn Romane bis zu seinem vorzeitigen Tod verfassen wird. Dieser ist erst sein zweiter – noch im jugendlichen Stil. Einer meiner Kollegen aber trägt bereits Material für die letzten Werke zusammen; es besteht kein Bedarf nach Chronologie, wissen Sie, solange alles erledigt wird...«

Die Irritation, bei seiner Arbeit gestört zu werden, wurde durch den Balsam des Gesprächs darüber gelindert.

»Aber wie können Sie von etwas überrascht sein, das Sie bereits geschrieben haben?«

»Die Worte mögen meine eigenen sein, aber sobald sie Rimmler einmal in den Mund gelegt sind, nehmen sie einen völlig neuen Charakter an. Ich kann für mich selbst kein besonders großes Talent in Anspruch nehmen, aber Rimmler ist eindeutig ein Genie. Ich kann es nicht erwarten, das fertiggestellte Buch zu sehen. Niemand von uns hat die leiseste Ahnung, wie es sich entwickeln wird.«

Der Aufseher wurde nun weitschweifiger, aber Schenck wollte gar nicht mehr über Rimmler erfahren.

»Ich möchte Sie nach einem Autor namens Spontini fragen. Ist irgendein Buch von ihm bereits geschrieben worden?«

»Der Name klingt nicht bekannt. Ich schätze, das wäre eine Aufgabe für das Italienische Büro, und die stecken seit neuestem in allen möglichen Problemen – sie sind so weit hinter dem Zeitplan zurück. Wissen Sie, Carlo Montana soll eine Enzyklopädie in fünfzehn Bänden fertigstellen, und sein Komitee ist über Batavia noch nicht hinausgekommen. Und was die Belletristik betrifft... hoffnungslos!«

»Gibt es viele italienische Autoren in Rreinnstadt?«

»Soweit ich weiß, überhaupt keine. Aber es gibt eine Menge Bücher von ihnen. Ihr Leute begreift nicht, was für eine gewaltige Aufgabe das ist – ein Gebäude zu entwerfen ist nichts, verglichen mit der Verpflichtung, alle Bücher zu schreiben, die darin in einem Regal stehen.«

»Wie kann ich Spontini finden?«

»Haben Sie schon im Autorenindex nachgesehen?«

»Wo finde ich den?«

»Haben Sie sich noch nicht bemüht, den Index der Indizes zu konsultieren? Dort können Sie es erfahren.«

»Und ich nehme an, ich muß in einem anderen Index nachsehen, um den Index der Indizes zu finden?«

»Sie können es stets mit dem ›Index der Indizes die sich nicht selbst enthalten‹ probieren. Wissen Sie, ich wünsche mir, daß die Benutzer ein bißchen mehr Eigeninitiative zeigen, bevor sie herkommen und um Auskunft bitten. Ich versuche schließlich ein Buch zu schreiben.«

Dann zeigte der Aufseher doch ein wenig Nachsicht, zweifellos, weil er die Gelegenheit genoß, unentbehrlich zu erscheinen. »Na gut, schauen wir nach dem Kerl.« Er blätterte die Karteikarten in einer der Schubladen neben sich durch und tauchte bald mit etwas auf. »Spontini. Ein unvollständiges Werk. Im Wahnsinn gestorben. Ich nehme an, Sie wollen, daß ich das Buch jetzt für Sie ausfindig mache?«

»Sagt Ihre Kartei noch etwas über sein Leben?«

»Nein, da müßten Sie es eine Treppe höher probieren. Aber lassen Sie mich das Buch holen.«

Als der Aufseher zurückkam, händigte er dem Kartographen ein schmales Bändchen aus. *Die Aphorismen von Vincenzo Spontini.* Dann vergrub er sich wieder in seine Arbeit.

Der Kartograph nahm Spontinis Buch und kehrte in sein Büro zurück. Vielleicht las Pfitz das gerade, während er am Boden lag und auf dem harten Boden keinen Schlaf finden konnte. Balthus hatte vielleicht aus Versehen den Namen des Autors statt den des Lesers eingetragen. Auch wenn es nun so schien, als wäre die Hand, die Pfitzens Namen geschrieben hatte, letztlich gar nicht die des verstorbenen Balthus gewesen.

So viele Fragen – obwohl der geheimnisvolle Pfitz bereits gewaltig an Bedeutung verlor. Schenck würde die Biographin in wenigen Stunden treffen – was brauchte es da noch den Grafen und seinen Diener? Sie würden über das Manuskript reden, das er ihr gegeben hatte, sie würden ernsthaft diskutieren, grübeln, Mutmaßungen und Hypothesen vorbringen; er würde den Arm um sie legen (zum geeigneten Zeitpunkt). Dann würden Pfitz und der Graf verschwinden. Spontini würde sich in Luft auflösen, und es bliebe nichts mehr übrig als eine Wolke der Wonne, eine ekstatische Begegnung ihrer sanften Haut mit seiner.

Die Stunden verstrichen so langsam, und Schencks Müdigkeit machte das Warten noch unangenehmer, doch endlich kam die Zeit, da er weggehen konnte. Er steckte Spontinis Buch in seine Aktentasche – er würde es vielleicht später lesen, obwohl der Abend noch interessantere Zerstreuungen für ihn versprach.

Er erreichte den Haupteingang zum frühestmöglichen Zeitpunkt, bevor noch irgend jemand das Gebäude verlassen hatte. Er war entschlossen, der Möglichkeit, sie zu verpassen, keinen Raum zu geben.

Er wartete dort länger als eine Stunde. Er zählte die Gitterstäbe am Tor und die Pflastersteine der Straße neben sich. Er verglich das Moos der schattigeren Mauern mit dem an einer exponierten Fläche. Er sagte die Zeilen von einem Dutzend Lieder auf und komponierte noch ein paar dazu. Als die ersten Arbeitskollegen ihren Heimweg antraten, hatte er stolz dagestanden in der Hoffnung, sie würden bemerken, daß er auf jemanden wartete. Er war von den hinausströmenden Frauen ins Auge gefaßt worden und hatte in ihrer Miene ein Erkennen seines Glücks zu lesen versucht, vielleicht gar eine Spur Neid. Dann, als immer weniger kamen, hatte er sich allmählich immer unbehaglicher gefühlt, den Kopf abgewendet, wenn er ein bekanntes Gesicht sah. Zuerst war er über die Verspätung der Biographin nur irritiert gewesen, doch diese Irritation wuchs sich zu etwas weitaus Schmerzhafterem aus. Er hatte eine Grenze überschritten, nicht leicht zu erkennen, aber nichtsdestoweniger sehr real, zwischen der anfänglichen Periode, während der er sie jeden Augenblick erwartete, und der späteren, während der er sich ständig fragte, wie lange er noch warten würde, bevor er aufgab und heimging. Er setzte sich Ziele, die er nach dem Glockenschlag der Kirche einteilte. Wenn sie nicht vor der nächsten Viertelstunde kam, würde er gehen. Sie kam nicht. Er blieb.

Ein des Weges kommender Hund hatte Mitleid mit ihm. Es war ein großes, schwarzweißes Wesen, das ihn traurig ansah und eindeutig verstand, was es hieß, im Stich gelassen, ignoriert und von der Welt verstoßen zu sein. Der Hund schnupperte an seiner Hand und trottete dann weiter.

Schenck ging wieder nach drinnen, um nach ihr zu suchen. Die Tür zur Biographiesektion war zugesperrt. Er sah sich nach einem Hausmeister um – vielleicht war sie im Gebäude eingesperrt worden? Der Hausmeister warf ihn hinaus.

Und so machte er sich auf den Heimweg. Es war schon dunkel, und er achtete beim Gehen nicht auf seine Umgebung. Er bemerkte die Gestalt nicht, die ab einem gewissen Punkt beschlossen haben mußte, ihm durch die Straßen und in die Dunkelheit einer schmalen Gasse zu folgen, in der sich keine anderen Menschen aufhielten; eine lange Strecke zwischen zwei hohen und eintönigen Wänden. Schenck mochte die Schritte hinter sich gehört haben, doch wenn er das tat, so ignorierte er sie. Dann spürte er, wie ein Arm ihn von hinten umschlang und seinen Kopf nach hinten bog.

Er glaubte schon, erwürgt zu werden. Ein Arm zog kräftig an seinem Hals, während der andere sich fest um seinen Körper spannte, um ihn an einer Gegenwehr zu hindern. Er kam auf den Gedanken, daß dies der Augenblick seines Todes sein könnte. Der Angreifer zerrte an der Aktentasche des Kartographen und versuchte, sie ihm zu entreißen.

Ein Passant tauchte nun zufällig am anderen Ende der Gasse auf, ging an der Einmündung vorbei und hielt kurz inne, als er die Szene bemerkte. Das war das Quentchen Glück, das den Kartographen rettete. Sein Angreifer rannte augenblicklich davon und ließ das Opfer hustend und nach Luft ringend zurück. Als Schenck das Ende der Gasse erreichte, war der Passant verschwunden.

Angst, Demütigung und Elend brachen in einer Welle schwärzester Finsternis über ihn herein. Er fiel in Ohnmacht.

Als er wieder zu Bewußtsein kam, lag er voll angekleidet auf einem sehr breiten und sehr weichen Bett. Flussi leckte an seiner Hand.

»Hör auf, Schatzi. Schau, jetzt hast du ihn aufgeweckt.«

Frau Luppen saß am Bett. Er kannte dieses Zimmer nicht, in dem alles rosa zu sein schien. Es mußte das von Frau Luppen sein.

»Rühren Sie sich nicht. Sie haben sich bei Ihrem Fall den Kopf schwer angeschlagen.«

»Wie bin ich hierher gekommen?«

»Zwei Kaminkehrer haben Sie erkannt und heimgebracht. Haben auch Ruß auf dem Teppich hinterlassen.

Aber was haben Sie denn gemacht, daß Sie so auf der Straße hingefallen sind? Sie haben sicher zu wenig gegessen. Oder war es ein Kampf? Sagen Sie jetzt nicht, Sie haben sich wegen einer jungen Frau duelliert.«

Frau Luppens Weltanschauung beruhte auf den kitschigen Romanen, die sie so unterhaltsam fand.

»Ich kann mich an nichts erinnern.« Das stimmte nicht ganz, aber Schenck war der Angriff sonderbar peinlich – der ihm nun allmählich wieder dämmerte –, als würde es eine Schwäche von ihm enthüllen.

»Ich hielt es für das beste, Sie hier unterzubringen, anstatt Sie von diesen Kerlen nach oben schaffen zu lassen. So dreckige Schuhe. Aber da Sie nun wach sind, möchten Sie etwas Suppe?«

Schenck sagte ihr, er sei nicht hungrig und fühle sich wirklich wohl genug, um aufzustehen und auf sein Zimmer zu gehen, doch sobald er sich zu rühren versuchte, schmerzte ihm der Kopf mit erneuter Heftigkeit. Frau Luppen sagte ihm, daß sie bereits nach einem Arzt geschickt hatte, worauf er sich nur noch schlimmer fühlte.

Schenck hatte sich ausgezogen und ins Bett gelegt, bis der Arzt eintraf. Dieser kostete vom Marillenlikör, machte Frau Luppen Komplimente über ihr wohlgefälliges Äußeres und sagte ihr dann, der Patient wäre nach einem Tag im Bett wieder wohlauf. Sie solle ihn wieder verständigen, wenn sich Probleme ergaben. Dann verlangte er zehn Kronen von ihr und wünschte noch einen guten Abend. Schenck versprach, es ihr zurückzuzahlen.

»Ruhen Sie sich erst mal aus.«

»Und wo werden Sie heute nacht schlafen?«

Frau Luppen kicherte. Ihr Bett sei in einem anderen

Zimmer. Wenn er irgend etwas bräuchte, solle er sie nur rufen.

Er schlief gut, trotz des Schnarchens seiner Vermieterin. Am nächsten Morgen brachte sie ihm einen Toast mit Honig und setzte sich ans Bett, um ihm beim Essen zuzusehen, als hätte sie Angst, er würde einen Krümel auslassen. Ihre Güte rührte ihn, wenn auch ihr Getue ihn irritierte. Er wollte einfach nur in Ruhe gelassen werden.

Er versuchte aufzustehen, erkannte aber, daß der Doktor recht hatte; er sollte den Tag im Bett verbringen. Es war schlimm genug, einen Tageslohn zu verlieren (nicht zu vergessen die Arztgebühr), aber ihn schmerzte weitaus mehr, daß er die Biographin nicht würde sehen können, um herauszufinden, was mit ihr geschehen war. Würde sie vielleicht nach ihm suchen und sich Sorgen machen, daß er nicht bei der Arbeit war? Diese Hoffnung hielt ihn aufrecht.

Der Tag zog sich zäh in die Länge. Frau Luppen brachte mit ihren Anekdoten, Ratschlägen und den endlosen Bekundungen der Sorge jedesmal eine gewisse Erleichterung, wenn sie ins Zimmer kam, um sich um ihn zu kümmern. Wenn er dann wieder allein war und ausruhen konnte, starrte er die Lichtstreifen von den verschlossenen Fensterläden an und dachte an die helle, lebendige Welt draußen, die ihm gewissermaßen wie Wasser durch die Finger rann. Die einzige Ablenkung bot das Buch, das in seiner Aktenmappe neben dem Bett lag, die *Aphorismen* von Vincenzo Spontini. Er holte es heraus und fing zu lesen an.

Giebelspitzen, Turmerker, Wasserspeier; die gewundene Verzierung einer Säule, das Maßwerk eines Fensters. In der Kathedrale finde ich mich in einem Vipernnest wieder; ein Labyrinth aus vergiftetem Stein umschließt mich, umschlingt meine Gedanken. Ich befinde mich im Innern eines kalten Körpers, dessen letzter schwindender Seufzer noch nachhallt. Dies wäre der richtige Ort gewesen, um es zu tun; nach dem Ende der Messe, bevor sie hinaustreten konnte und während die Wachsamkeit der anderen noch gering gewesen wäre. Die Bahn eines Dolches durch den Raum: der schimmernde Kreisbogen, dessen Radius gleich der Länge eines Arms, definiert durch einen Traum, durch unmögliche Bewegung. Ein Traum, der an diesem Ort begonnen und geendet hätte, in der raschen, unmöglichen Bewegung einer Klinge.

Wie fühlt es sich an, solche Gedanken zu haben? Während ich sie lese, versuche ich, mich der Emotionen wieder zu erinnern, mit denen ich sie geschrieben habe. Doch die Aufgabe ist so schwer, daß ich mich allmählich frage, ob sie die Worte eines anderen sind und mir hier in meiner Zelle einfach als eine weitere Art der Folter hinterlassen wurden.

Wiederum die Erinnerung an jenes große Buch, im Observatorium aufgeschlagen. Die Geheimnisse des Universums von der Hand meines Astrologen in Zahlen auf einer Seite umgewandelt – die Geheimnisse der Vergangenheit – und auch der Zukunft. Alles ist bestimmt von der Bewegung dieser uns umgebenden Sphären. Unsere Handlungen, unsere Begierden; der Weg einer Gestalt in einer

Robe durch eine Kirche, das Heben und Senken eines Arms: alles ist von der gleichgültigen Bewegung der Sphären beherrscht.

Ich bin es gewesen, der durch die Kirche gegangen ist; das sagt mir mein sicheres Gefühl. Aber fühlt sich eine falsche Erinnerung anders an als eine echte? Es könnte eine andere Person gewesen sein, ein anderer Prinz, der in der Kirche herumging – der dort immer noch geht. Vielleicht erfinde ich diese Worte: lese sie nicht einmal, sondern schreibe sie mit meiner Imagination. Ich glaube, daß die Worte vor mir stehen, aber das Papier und die Zelle selbst könnten nur ein weiterer Schwindel von ihnen sein, bestimmt, mich zu täuschen.

Er stellte mein Horoskop zusammen, zeigte mir, wie seine Berechnungen in meinem persönlichen Schicksal und dem meiner Untertanen zusammenliefen. Reichtum, Ruhm und Ehre – alles in Wirklichkeit nichts weiter als die glückliche Folge einer Gleichung. Schönheit genauso, und Grazie; weiche Haut, schwankende Glieder, alles das Ergebnis eines unbekümmerten Mechanismus, der jenseits von uns ist, über uns. Der Herzschlag, sein Schnellerwerden. Die Untreue. Er zeigte mir die Berechnungen; jene Reihen und Kolonnen unwiderleglicher Daten. Das wäre der Ort gewesen, dessen bin ich sicher.

Sind meine Gedanken die Folge einer weiteren Gleichung von ihm? Es fällt mir ein, daß er gerade an mich denken könnte; diese Worte mögen ein Gedanke in seinem Kopf sein, nicht in meinem. Meine Worte könnten nichts weiter sein als ein vom gleichgültigen Kurs der Sterne vorgebahnter Pfad.

Wieder erinnere ich mich an das Observatorium; der Frieden und die mysteriöse Stille jenes Zimmers ganz oben im Turm. Tagsüber erschien es wie ein schlafender Ort; der Astrologe saß über den auf einem Tisch ausgebreiteten Plänen und Zahlen und zupfte sich mit ungewaschenen Fingern an seinem langen grauen Zaubererbart. Der Raum roch nach Tauben, und nach seinen Füßen. Irgendwo tickte eine Uhr – mehrere Zeitmesser, und überall Instrumente: Sextanten, Globen, Kompasse. Ein weiteres Universum, aber voller Staub.

Er wies auf einen Eintrag in der von ihm erstellten Karte; das Horoskop meiner Frau. Die Absicht war nun bewiesen sowie auch die Veranlagung. Es blieb einzig noch, das Wo und Wann zu berechnen, und mit wem. Er deutete mit langen, ungewaschenen Fingern auf die mathematische Veranschaulichung meiner schlimmsten Befürchtungen. Ihr Herz, erkannte ich nun, war ein weiterer wandernder Stern, von einer unwiderstehlichen Anziehungskraft weggezogen. Ich würde dem Pfad dieses klopfenden Sterns, dieses rot flackernden Himmelskörpers der Unbeständigkeit folgen.

Ich versuche mir einzureden, daß nichts davon existiert, und dieser Gedanke tröstet mich. Ich bin nicht der Urheber meiner Handlungen und brauche keine Reue zu verspüren. Ich bin statt dessen ein Leser – einer unter vielen. Das Leben, das ich in meiner Phantasie für das meinige gehalten habe, ist einfach ein zu meiner Zerstreuung bereitgehaltener Text. Die Worte, die sie mir vorgelegt haben, sind das Leben eines anderen; die Gedanken und Erinnerungen eines anderen.

Das Observatorium bot einen guten Platz, von dem aus die Straßen unten sowie auch die Himmel oben beobachtet werden konnten. Mit Hilfe des Teleskops konnte ein Fensterausschnitt genauso leicht wie die Mondkrater oder die Venusphasen erkundet werden. Vom hohen Turmzimmer aus konnte ich mit den Beobachtungen der Stadt unter mir beginnen, dieser Galaxie aus Intrigen und Täuschungen. Ich konnte anfangen, meine Daten zu sammeln, meine Theorien zu formulieren. Es war zugig dort oben, wo ich nur gelegentlich eine verirrte Taube zur Gesellschaft hatte. Das Rauschen des Windes und das Flattern ihrer Flügel gegen das Dach. Eine lose Feder schwebend und treibend – einmal habe ich eine beobachtet, grau und weiß, wie sie auf die Stadt zuflatterte. Mein eigenes Leben, und meine Verbrechen – wirklich oder vorgestellt –, nichts weiter als eine Feder im Odem der Götter.

Es fühlt sich beinahe so an, als hätte ich diese Worte selbst hingeschrieben, als würden sie nicht von jenem anderen (dem Dunkleren) kommen. Ich sehe ihn noch, selbst in meiner Zelle; manchmal nachts unter den zukkenden Schatten, wenn die Kerze in den letzten gelben Lichtspuren verflackert. Es fühlt sich beinahe so an, als hätte ich diese Worte gedacht, als wäre es ich selbst, der durch nichts anderes als die Macht des Glaubens ein ganzes Königreich am Leben erhielt. Ich sehe ihn nun, diesen anderen; mich selbst, wie ich hoch droben im Observatorium sitze. Ich lese die Worte, die er für mich geschrieben hat.

Jeden Tag blickte ich auf die Stadt hinunter. Das Teleskop war nicht einfach zu handhaben, aber mit der Zeit beherrschte ich es. Ich konnte es auf die von mir gesuchten Objekte und Plätze ausrichten – jene Tür, wo sie immer auftauchte (die Zeit geduldig von der neben mir tickenden Uhr angezeigt), sich dann von ihr aus gesehen nach links wandte – für mich rechts – und die kurze Strecke zu einer anderen Tür ging, die für sie geöffnet wurde. Alles ganz unschuldig. Und das Zimmer oben, dessen winziges Fenster ich mit Hilfe des Teleskops wie eine Miniaturstikkerei auftrennen konnte. Jene Sprenkel und Perlen aus Licht auseinandergepflückt – so wurde das viereckige Fenster weiter, größer gemacht. Und so wurde offengelegt (wie die Eingeweide eines Fuchses), was der Raum enthielt. Ich konnte die beiden fast berühren, so nah erschienen sie. Wie zwei Puppen in einem Spielzeughaus. Meine Frau, mein Diener.

Zwei unbedeutende Planeten, die durch ein teilnahmsloses Universum wirbeln. Staubflusen treiben durch leere Dunkelheit, wie der große, leere Hohlraum einer Kirche, trüb erhellt (die Kerzen beinahe niedergebrannt) – ein einsamer armer Tropf, eine nur von der Bewegung einer in eine Robe gehüllten Gestalt definierte Existenz.

Ich bin noch einmal dort. Ich sehe sie: meine eigene prunkvoll umhüllte Gestalt. Ich bin nicht der Urheber meiner Handlungen. Der Astrologe hat mir alles erklärt. Wir sind nichts weiter als ein Sternengewebe, unsere Leben eine Art Sternbild, kalt und rein, das in unendlicher Finsternis treibt. Diese Zelle, in der ich mir vorstelle zu sitzen, ist eine Illusion. Selbst die Worte, die ich schreibe – oder zu schreiben wähne –, sind eine weitere Illusion, von ihnen in meinen Verstand geschickt, um mich irre zu machen.

Astrologos: die Sprache der Sterne. Der Kosmos könnte demnach so etwas wie ein gewaltiges Buch sein, Sterne und Planeten sind seine Wörter; die Bahn eines Kometen eine Behauptung, deren Bedeutung herausgefunden werden muß. Jenes Observatorium hoch oben im Turm war der Ort, von dem aus einer die Himmel zu lesen versu-

chen oder aber nach unten blicken konnte, um die Machenschaften eines unberechenbaren Herzens zu entziffern.

Und die Kirche. Hier war der Ort und der Zeitpunkt. Nun habe ich ihn verloren, genauso wie ich sie verloren habe. Sie entschwindet bereits – ihre Scheibe rückt entlang einem Bogen mit unbestimmter Laufbahn weg. Im Geiste sehe ich sie noch einmal, wie ich sie so oft vorher gesehen habe, durch den unbeirrbar forschenden Blick des Teleskops – ein fernes Objekt, das in kalter Schönheit erstrahlt und von Kräften davongezogen wird, die über mein Begriffsvermögen gehen. Ein verblassender Stern; mein eigenes verlöschendes Leben, und der Atem der Lebenden und der Dahingeschiedenen. Nun hinweggezogen ins Dunkle und in die unendliche Leere.

KAPITEL SIEBEN

Frau Luppen kam herein, um nachzusehen, wie er sich fühlte.

»Was lesen Sie denn da, Herr Schenck? Hoffentlich nichts Unzüchtiges. Sie sollten sich nicht zu sehr aufregen.« Ihre zuckenden Fältchen kündeten von einem verhaltenen Kichern.

Schenck sagte ihr, es ginge ihm viel besser und er würde später versuchen, aufzustehen. Eigentlich waren es eher Langeweile und Enttäuschung als die Wiederherstellung der Gesundheit, die ihm das Verlangen eingaben, aus dem Bett zu steigen.

»Wie ist Ihre Temperatur?« Frau Luppen hatte ihre feisten Knöchel an seine Stirn gelegt. Ihr Gesicht drückte Zweifel und Unentschiedenheit aus. Ohne weitere Bemerkung oder Entschuldigung legte sie nun ihre Wange dorthin, wo ihre Hand gewesen war.

Sie war wie ein großes weiches Kissen von unergründlicher Tiefe. Eine lose Strähne kitzelte Schenck am Ohr, und er konnte ihr Parfüm riechen, das an Blumen und Kinderfeste erinnerte. Ein irgendwie rosafarbener Duft. Und in diesem beängstigenden Augenblick der Nähe senkte sich der gewaltige Kontinent ihres Busens vor sein Gesicht. Er hatte ausgiebige Sicht auf diese riesigen, eingeschnürten und zusammengequetschten Zwillingskugeln, die wie Felder mit blaugeädertem Schnee vor ihm lagen. Er bräuchte nur einen Finger ausstrecken und würde in ihre weiche Fülle stoßen.

Irgendwo von weit über ihm schien die Gestalt der Biographin verächtlich herabzublicken.

Frau Luppen zog sich zurück, wandte sich um und ging, ohne ein Wort zu sagen. Doch nun suchten Schenck Visionen jener gewaltigen Masse heim, hüllenlos und kichernd, rosig und nach Seife, Badeölen, Lavendel und Gardenien riechend. War seine Vision etwa nichts weiter als seine Rache für die Gleichgültigkeit der Biographin? Aber es war auch eine Vision, die ihn erschreckte; eine von Häßlichkeit und Unvollkommenheit – eine Bordellszene, deren Geschmacklosigkeit seinen Mut so rasch einschläferte, wie sie andere Geister in ihm geweckt hatte. Dennoch konnte er der Faszination jener verborgenen Region nicht widerstehen, die weit und unentdeckt war und deren Ausdehnung er nur in Umrissen kannte.

Er wollte mehr von Spontinis Buch lesen, merkte aber, daß er sich nicht konzentrieren konnte. Er ging wieder zur müßigen Beobachtung der geschlossenen Fensterläden über, deren Sprüngen und Spalten aus Licht.

Etwas später kam Frau Luppen zurück und verkündete, ein Besucher sei eingetroffen. Gruber trat ein. »Was sind wir für ein Paar! Erst mein Arm, dann Ihr Kopf. Wenn das so weitergeht, werden bis Ende der Woche keine Kartographen mehr übrig sein.«

Seine Fröhlichkeit schien leicht forciert. Schenck und Gruber waren Kollegen, keine engen Freunde.

Schenck fragte aus Höflichkeit nach: »Wie geht es Ihrem Arm jetzt?«

»Wieder normal und einsatzbereit.« Gruber gab ein weiteres kehliges Lachen von sich und blickte Frau Luppen auf eine Art an, die sie aus dem Zimmer scheuchte.

Schenck wollte unbedingt wissen, ob Gruber die Biographin wiedergesehen hatte. Er fragte sich, wie er etwas über die beiden herauskriegen konnte, ohne direkt auf das Thema zu sprechen zu kommen.

»Wie haben Sie sich denn genau den Arm verletzt?«

»Verdammte Kutsche. Hat mich glatt überrollt.«

»Ist noch jemand verletzt worden?«

»Wie meinen Sie das?«

»War noch jemand dabei?«

Gruber zuckte die Schultern, und Schenck vermutete, daß sein Rivale nicht erfolgreicher als er selbst gewesen war.

»Und wie kommen Sie mit der Rothaarigen voran?« fragte Gruber. »Sie haben sich ganz schön beeilt, um die Karte wieder von ihr zurückzubekommen.«

»Jemand hat sie gebraucht.«

»Ach wirklich? Und wer könnte das gewesen sein?«

Ihre Unterhaltung verharrte unbehaglich an der Grenze zwischen gutmütiger Hänselei und Häme. Sie kamen schweigend überein, das Thema zu wechseln, und nun zeigte sich der wahre Grund für Grubers Besuch. Er brauchte von Schenck einen fachkundigen Rat für eine geplante Karte der unterirdischen Bäche. Sobald sie auf neutralem Boden waren und über technische Einzelheiten sprachen, wurden sie beide viel angeregter. Schenck schlug bereitwillig Bücher und Quellen vor, die sein Kollege konsultieren sollte.

»Vielen Dank, Schenck. Gibt es noch etwas, was ich für Sie tun kann? Irgend etwas, das ich Ihnen aus der Arbeit herbringen soll?«

Schenck fielen etliche Dinge ein, aber er wollte Gruber nicht auf einen Gang schicken, der ihn mit der Biographin zusammenbringen würde.

»Ich hätte gerne ein paar Informationen über einen Schriftsteller namens Spontini. Rein aus Neugier – ich bin auf einem Plan über ihn gestolpert.«

Gruber lachte dümmlich und unaufrichtig, als würde er bei Schenck irgendwelche Hintergedanken vermuten. Nichtsdestoweniger erklärte er sich bereit, so viel wie möglich herauszufinden. Er stand auf und kehrte wieder zu seiner Arbeit zurück.

Nachdem er gegangen war, versuchte Schenck, aus dem Bett zu kommen, aber sobald Frau Luppen ihn hörte, kam sie herein und hieß ihn sich wieder hinlegen. Sie setzte sich auf die Bettkante und blickte ihn streng an.

»Ich wette, hinter alldem steckt eine Frau. Ohnmachtsanfälle und kein Essen anrühren. Ach! Sie armer Junge.«

Sie kniff ihn in den Arm und beschloß dann, noch einmal seine Temperatur zu prüfen, nur nahm sie diesmal wieder den Handrücken dazu. Schenck starrte zur gewaltigen Erhebung ihres Busens hoch, die über seinem Gesicht aufragte. Er versuchte sich vorzustellen, wie sie sich jeden Morgen mit dem Zuschnüren ihres Korsetts abmühen mußte.

»Ich finde es schade, daß ich nie die Ehre hatte, Ihren Mann kennenzulernen«, sagte er.

Frau Luppen zog die Hand von seiner Stirn weg. »Ja. Er war ein guter Mann.« Sie blieb an der Bettkante und wirkte beklommen.

»Sie müssen ihn sehr vermissen.«

»Selbstverständlich.« Sie sah auf ihre Hände, die nun wie ein verklumpter Pudding in ihrem Schoß ruhten. »So ein plötzlicher Verlust. So unerwartet.«

»Wie genau …?«

Frau Luppen stand auf. »Sprechen wir nicht von solchen Dingen, Herr Schenck. Er ist jetzt an einem besseren Ort.«

»Amen.«

Sie war drauf und dran, sich zum Gehen zu wenden, aber sie wartete noch darauf, daß Schenck etwas anderes sagte. Er schwieg.

»Ja«, sagte sie noch einmal, »ich vermisse ihn wirklich. Und die Nächte…«

Tränen standen ihr schon in den Augenwinkeln. Er hätte jetzt aus dem Bett springen und sich daranmachen können, das gewaltige, stramme Stützwerk aus Fischbein und Kordeln aufzuschnüren, wenn nicht sein Kopf noch geschmerzt hätte. Sie ging.

Der Tag zog sich bis zum Abend hin. Gruber meldete sich noch einmal. Er trat ein und gab Schenck einen Umschlag.

»Das lag auf Ihrem Schreibtisch. Weiß nicht, von wem.«

Die Biographin! Schenck sehnte sich danach, den Umschlag aufzureißen, steckte ihn aber statt dessen unters Kopfkissen, um ihn sich später ganz allein vorzunehmen. Gruber brachte auch ein Blatt Papier zum Vorschein.

»Das habe ich für Sie exzerpiert. Es ist über diesen Spontini – ein merkwürdiger Vogel, wenn Sie mich fragen. Warum wollen Sie überhaupt was über ihn wissen? Sie denken doch nicht daran, auf Biographie umzusatteln, hm?«

Schenck ignorierte das und nahm das Blatt entgegen. Er dankte Gruber und sagte, er wäre nun ziemlich müde und sollte besser schlafen. Gruber nickte höflich, wünschte steif und förmlich eine gute Besserung und verschwand.

Die Seite enthielt einen biographischen Abriß über Vincenzo Spontini. Daten und Orte, Namen der Eltern und so weiter waren angegeben; am Schluß war eine kurze Würdigung seines Werks:

Spontini begann die Aphorismen kurz vor dem Einsetzen der Krankheit, die ihn um seinen Verstand brachte. Ursprünglich war das Buch gedacht als eine Überarbeitung der Geschichte von Prinz Rudolphus aus dem siebzehnten Jahrhundert, der seine Frau auf Anraten seines Astrologen ermordete, weil er sie verbotener Beziehungen mit einem Diener verdächtigte. Die Verschlechterung von Spontinis Gesundheitszustand führte jedoch zu einem Richtungswechsel, so daß das Buch allmählich den Charakter einer Autobiographie annahm. Der Sammeltitel ›Aphorismen‹ wurde den ungeordneten Fragmenten, die Spontini bis zum Zeitpunkt seines Todes verfaßt hatte, von einem späteren Herausgeber verliehen.

Spontinis Wahnsinn war dergestalt, daß er in erster Linie der Täuschung erlag, er wäre in Wirklichkeit eine Figur in seinem eigenen Buch und nicht dessen Autor. Er sah sich verschiedentlich als der Prinz und als der beschuldigte Diener und stellte sich dann eine Reihe von Autoren vor, die um die Herrschaft über seine Seele rangen. Schließlich verfiel er auf den Glauben, er existiere überhaupt nicht außer im Geiste von anderen. Die Krise gipfelte im Mord an seiner eigenen Frau, die er erdolchte, da er von ihrer Untreue überzeugt war. Er wurde bald darauf verhaftet, und sein einziger Kommentar lautete: »Hier hört die Geschichte auf.« Er wurde in eine Anstalt eingeliefert, wo er bis zu seinem Tode achtzehn Monate später an den nachherigen Aphorismen arbeitete. Für weitere Einzelheiten siehe die vollständige Biographie.

Was machte Pfitz mit Spontinis Buch? War das der wirkliche Grund, warum der Name des Schriftstellers aus dem Zimmer des Grafen ausradiert worden war? Diese dritte Figur in der sich entfaltenden Geschichte des Grafen war verstörend. Morgen würde er mehr herauszufinden versuchen.

Nun zog Schenck den Umschlag unter seinem Kissen hervor. Er suchte vergeblich nach einem Duft, der ihn an die Haut der Biographin erinnern könnte. Er hoffte auf eine Erklärung für ihr Nichterscheinen am Abend zuvor, aber die war in der Botschaft nicht enthalten. *Bringen Sie mehr von Pfitz.* Das war alles. Kein Dankeschön, keine Entschuldigung.

Schenck stieg aus dem Bett und zog sich an. Er hatte wegen seiner Unpäßlichkeit einen ganzen Tag verloren, aber sein Kopf schmerzte nicht mehr, und er war es leid, invalide zu sein. Er sagte Frau Luppen, er würde auf sein Zimmer gehen. Sie bat ihn, auf sich zu achten, falls er doch wieder ohnmächtig werden sollte, aber das war in den Wind gesprochen. Die Übelkeit, die er verspürte, hatte mit einem körperlichen Gebrechen nichts zu tun.

In seinem Zimmer setzte er sich wieder an das Tischchen am Fenster. Tintenfaß und Papier waren noch an ihrem Platz. Er mußte ihr mehr liefern. Und so machte er sich daran, den nächsten Teil von Pfitzens Geschichte zu schreiben.

KAPITEL ACHT

GRAF: Was war dein Vater, der Glaser, denn für ein Mensch?

PFITZ: Laßt mich von meiner frühesten Erinnerung an ihn berichten. Er zählt an seiner Bank auf der anderen Seite des Zimmers gerade Münzen. Meine Mutter näht. Dann wendet er sich von seiner Arbeit ab, packt sie an der Hüfte und küßt sie.

GRAF: Was für eine beschämende Erinnerung!

PFITZ: Ich kann nichts dafür. Da zieht er sie aufs Bett und nimmt sie vor meinen Augen.

GRAF: Das kann ich ja gar nicht glauben – ich kann nicht glauben, daß sie so etwas direkt vor ihrem eigenen Kind tun würden oder daß du dich auch noch daran erinnerst. Du mußt es dir erträumt haben – eine falsche Erinnerung, durch Trinken hervorgerufen.

PFITZ: Ganz und gar nicht, Herr. Es ist wahrhaftig vor meinen Augen geschehen, und ich habe dabei zugeschaut und mir gedacht, was das für ein komischer Anblick war. Ich weiß nicht genau, wie ich das gedacht habe, da ich noch gar nicht sprechen konnte – ich habe wahrscheinlich noch gar nicht gewußt, was Lachen ist, insofern weiß ich nicht, wie ich mir etwas Komisches vorstellen konnte, aber jedenfalls erinnere ich mich, meine Eltern beim Lieben gesehen zu haben.

GRAF: Das ist doch absurd. Ich sage dir, du hast das Ganze phantasiert. Wahrscheinlich hast du alles letzte Nacht geträumt, nachdem du betrunken in dieser abscheulichen Taverne zu Bett gegangen bist, in der wir eingekehrt sind, und jetzt denkst du, der Traum, der dir noch im Kopf schwebt, ist eine Erinnerung. Weißt du, diese Geschichte hast du mir noch nie erzählt.

PFITZ: Bloß weil ich sie früher nicht erzählt habe, heißt das noch lange nicht, sie ist nicht passiert, Herr. Es hat mich eine Lebensspanne gekostet, an die ganzen Geschichten zu kommen, die in meinem Kopf sind, und es würde mehr als eine Lebensspanne dauern, sie zu erzählen. Aber ich kann mir sicher sein, daß die Erinnerung echt ist, weil ich, als ich den Hintern meines Vaters auf und ab habe wippen sehen, eine sehr ungewöhnliche Narbe darauf entdeckt habe.

GRAF: Ich bin mir nicht sicher, ob ich etwas über den Intimbereich deines Vaters erfahren will...

PFITZ: Aber einige Jahre später habe ich es gewagt, ihn deswegen zu fragen. Ich weiß nicht, wie ich auf das Thema gekommen bin, aber ich habe ihm gesagt (bedenkt, ich war immer noch ein Junge): Vater, wie hast du das Mal auf deinem Po bekommen? Er ist kirschrot geworden, und ich habe schon gedacht, er würde zornig werden, aber ich glaube, er ist eigentlich nur aus Scham und Überraschung rot geworden. Er hat mich gefragt, woher ich das weiß, und ich habe gelogen und gesagt, ich hätte ihn einmal aus dem Badezuber steigen sehen. Also hat er gesagt, er würde mir die Geschichte erzählen.

Da erzählte Pfitz seinem Herrn, wie sein Vater viele Jahre früher bei der Schlacht von Brunnewald gekämpft hatte. Sein Vater (der Hans hieß) war kaum älter als ein Knabe gewesen – vielleicht fünfzehn oder sechzehn Jahre, und war als Trommler eingezogen worden. Das Regiment mußte zwei Tage lang in strömendem Regen marschieren, ohne einen Bissen zu essen, außer dem, was sie vom Land ergattern konnten. Sie kamen in einem kleinen Weiler an und beschlossen, hier ihr Lager aufzuschlagen. Es gab nur wenige Bauernhöfe mit ein paar Scheunen und Schuppen, und der Hauptmann verkündete, daß sie darin Obdach suchen sollten. Da er Mitleid mit dem jungen Hans bekam, der zitterte und hungrig war, nahm er ihn auf Nahrungssuche zu einem der Bauernhöfe mit.

Der Hauptmann hämmerte an die Tür, bis schließlich ein hübsches junges Mädchen öffnete, das den beiden Fremden draußen den Eintritt kaum verwehren konnte. Das Mädchen hieß Lise, und sie wohnte mit einer uralten Frau zusammen, die Lise adoptiert hatte, als sie noch im Säuglingsalter totgeglaubt im Rübenfeld ausgesetzt worden war (so etwa sagte sie). Der Hauptmann und Hans traten ein und trafen auf die alte Frau, die taub und noch dazu fast blind war, und Lise stellte ihnen zwei Teller Suppe hin. Sie aßen herzhaft, und dann sagte der Hauptmann, es sei spät, sie müßten sich zurückziehen. Lise schlug ein Zimmer hinter der Küche vor, wo sich die beiden einquartieren könnten, aber der Hauptmann sagte, daß ein Mann von seinem Rang nicht ohne ein richtiges Bett und ein Zimmer für sich allein auskommen könne. Und so bekam er ein Bett oben, während Hans mit dem Steinboden der Spülküche vorliebnehmen mußte. Andererseits hatte der Hauptmann natürlich vor, dem äußerst reizenden Mädchen Lise näher zu sein, damit er seinen Plan ohne Einmischung ausführen konnte.

GRAF: Wie üblich, höre ich hinter deiner Geschichte ein skurriles Motiv heraus; eine Geschichte, die sicherlich falsch ist. Du hast doch nur vor, die Ereignisse der letzten Nacht aufzumöbeln, um dich über mich lustig zu machen.

PFITZ: Ganz und gar nicht, Herr. Meine Geschichte hat überhaupt nichts mit der Taverne zu tun, in der wir letzte Nacht geschlafen haben, oder mit dem hübschen Mädchen, das Ihr so reizend fandet. Die Koinzidenz ist wie alles auf der Welt vollkommen zufällig.

GRAF: Ist es dann auch Zufall, daß das Mädchen in deiner Geschichte den gleichen Namen hat wie das gestern nacht?

PFITZ: Wahrhaftig, Herr, ich habe mir den Namen nur geborgt, da ich mich nicht genau erinnern kann, welchen mein Vater genannt hat, als er mir die Geschichte erzählte. Tatsächlich glaube ich, daß der Name des Mädchens bei den vielfältigen Gelegenheiten, da er sie berichtete, entweder Lise, Gretchen oder Magdalena war...

GRAF: Was nur beweist, daß, wenn du schon kein Lügner bist, dein Vater einer war.

PFITZ: Verzeiht mir, Herr, aber Ihr sprecht da eine sehr schwere Beschuldigung aus. Wenn mein Vater ein paar kleinere Einzelheiten beim wiederholten Erzählen der Geschichte geändert hat, so geschah das nur, um die Zuhörer bei der Stange zu halten, da es sicher keinen Sinn hat, genau die gleiche Geschichte zweimal zu erzählen.

GRAF: Hat es schon, wenn einer am Unterschied zwischen Fakten und Fiktion interessiert ist.

PFITZ: Nach meiner Erfahrung, Herr, gibt es überhaupt keinen Unterschied. Ob die von mir berichteten Ereignisse wirklich geschehen sind oder ob wir selbst nichts weiter als Fiktionen in einer größeren Geschichte sind, das sind Fragen, die für meinen Verstand zu hoch sind.

GRAF: Versuch nicht, mich mit deiner Philosophiererei vor den Kopf zu stoßen. Ich glaube, du hast vor, mir eine Geschichte von einem Grafen oder einem Hauptmann zu erzählen, der die Nacht in einem Zimmer neben dem eines Mädchens namens Lise verbringt...

PFITZ: Dann entschließt sich während der Nacht dieser Graf oder Hauptmann, das Bett zu verlassen...

GRAF: Um sich zu erleichtern...

PFITZ: Und stellt fest, daß er ins falsche Schlafzimmer zurückgeht? Da liegt Ihr ganz falsch, Herr. Das war nicht die Geschichte, in die mein Vater vor so vielen Jahren geraten ist, und es wäre eine wundersame Koinzidenz, wenn dem so gewesen wäre.

Dann fuhr Pfitz fort und erzählte, wie sein Vater Hans einschlief, kaum daß er sich auf den harten Boden gelegt hatte, so erschöpft war er vom langen Tagesmarsch. Das nächste, was ihm bewußt wurde, war ein fürchterliches Krachen, das ihn entsetzt aufwachen ließ. Das ganze Haus schien erschüttert worden und einen Augenblick lang erleuchtet gewesen zu sein. Sie feuerten draußen eine Kanone ab – ein kleiner Zug feindlicher Soldaten hatte das Lager entdeckt und beschlossen, anzugreifen; sie schienen nicht zu wissen, daß die Schlacht erst eineinhalb Tage später drüben bei Brunnewald beginnen sollte. Es waren nicht viele, aber sie hatten es geschafft, das Regiment in völlige Verwirrung zu stürzen, da sie die Männer unfein im Schlaf überrascht hatten, in eindeutiger Verletzung internationalen Rechts. Bald stand eine der Scheunen in Flammen, und Männer rannten panisch in alle Richtungen, überzeugt, daß eine ganze Armee gegen sie vorrückte. Hans blieb zitternd in der Spülküche und beobachtete die schreckliche Szene draußen. Die Männer feuerten in ihrer Konfusion auf die eigenen Kameraden – was das hoffnungslose Durcheinander nur vergrößerte. Am Ende schaffte es das Regiment, sich selbst komplett in die Flucht zu jagen – eine selbst herbeigeführte Niederlage, die dazu führte, daß jeder Soldat in den Schutz der Wälder rannte, um nie wieder gesehen zu werden.

Schließlich war es vorbei – dieser erste Anblick eines Scharmützels hatte Hans zutiefst erschüttert. Er setzte sich wieder auf den kalten Boden. Es hatte weniger als eine halbe Stunde gedauert, und nun blieb nichts als ein stechender Geruch und eine höchst unheimliche Stille. Vom Hauptmann war nichts zu sehen gewesen. Hans beschloß, ihn suchen zu gehen. Er ging zum unteren Treppenabsatz und wartete, ob er etwas hören würde – aber es kam kein Ton. Und so stieg er dann, einen Schritt bedächtig vor den anderen setzend, im Dunklen nach oben. Jener schreckliche Feind, der sein Regiment so gründlich überwältigt hatte, konnte vielleicht sogar schon dieses Bauernhaus hier in Besitz genommen haben – und in jedem Zimmer und jedem dunklen Winkel konnte ein mordgieriger feindlicher Soldat lauern.

Hans erreichte den oberen Treppenabsatz und sah drei Türen. Er schlich zur ersten, lauschte an ihr und drückte sie dann sachte auf. Drinnen war nichts als ein leeres Bett, die Zudecke aufgeschlagen. Der Mantel des Hauptmanns lag sauber zusammengelegt auf einem Stuhl. Dann die zweite Tür – wieder wartete Hans, das Ohr gegen das dicke Holz gepreßt. Von drinnen nur ein ganz schwaches Geräusch – eine Art rhythmisches Raspeln und Fauchen wie bei einem Tor, das in leichtem Wind hin und her schwingt. Er drehte am Türknopf, schaute hinein und sah seine steinalte Gastgeberin, die auf dem Rücken lag und fest schlief. Blieb noch die dritte und letzte Tür. Hans näherte sich ihr zitternd und zagend. Der Hauptmann und Lise waren noch nicht entdeckt – wenn sie überlebt hatten, dann waren sie hinter dieser Tür. Doch wenn der Feind eingedrungen war, während er sich in der Spülküche versteckt hatte, welcher Anblick würde ihn erwarten?

GRAF: Und du versuchst mir weiszumachen, daß dies überhaupt nichts mit den Ereignissen der letzten Nacht zu tun hat? Der Hauptmann ist aus seinem Zimmer in das von Lise hinübergegangen. Was hast du vor, mir als nächstes zu erzählen? Daß Lise bereits ausgeflogen und woandershin gegangen war?

PFITZ: Ist das gestern nacht passiert?

GRAF: Du weißt ganz genau, wie es gestern nacht zugegangen ist. Ich bin aus dem Bett, um mich zu erleichtern...

PFITZ: Gab es keinen Nachttopf?

GRAF: Keinen. Eine überaus entsetzliche Unterlassung, und ganz in Einklang mit dem Allgemeinzustand dieser heruntergekommenen Taverne. Also bin ich herumgewandert, um zu sehen, ob ich einen Abtritt finden würde.

PFITZ: Und Ihr habt keinen gefunden und daher beschlossen, in Euer Zimmer zurückzukehren.

GRAF: Ganz genau, wie ich dir gesagt habe.

PFITZ: Hattet Ihr nicht immer noch den Drang, Euch zu erleichtern?

GRAF: Der Drang hatte sich gelegt, und ich wollte nur wieder schlafen gehen. Aber wegen der Dunkelheit und meiner Verwirrung, da ich mit der Lage der Zimmer ja nicht vertraut war…

PFITZ: Seid Ihr auf einmal ins falsche geraten und habt erst erkannt, als Ihr Euch schon ins Bett gelegt hattet, daß jemand neben Euch lag. Ein verzeihlicher Fehler, und sehr verständlich. Aber laßt mich mit der Geschichte von meinem Vater weitermachen.

Hans stand vor der letzten Tür. Er hielt inne und lauschte, aber von drinnen kam überhaupt kein Laut. Schließlich beschloß Hans, die Tür zu öffnen. Sanft drehte er die Klinke, bis er spürte, daß die Falle aufgeschnappt war, und dann – sehr langsam – drückte er die Tür auf. Als er hinter ihr hervorlugte und ins Zimmer spähte, bot sich ihm hinter dem zurückweichenden Türflügel der entsetzliche Anblick des tot auf dem Boden liegenden Hauptmanns, dessen eigenes Schwert noch tief in seiner Brust steckte. An der Bettkante saß stumm Lise, Hände und Nachthemd blutbefleckt. Es bedurfte keiner Erklärung – es war klar, was geschehen war. Bei der Verteidigung gegen seine Zudringlichkeiten hatte Lise sein eigenes Schwert gegen ihn einsetzen müssen.

GRAF: Hast du nun vor, mich in deinen Geschichten zu töten? Was ist das für ein Verrat?

PFITZ: Meister, das ist nicht Eure Geschichte, es ist die meines Vaters. Wäre es Eure eigene gewesen, dann wäre alles ganz anders gekommen. Als Hans die Tür geöffnet hat, welchen Anblick würdet Ihr drinnen erwarten? Den Hauptmann, wie er Lise umarmt? Oder wäre es Euch lieber gewesen, den Hauptmann allein und tief schlafend zu sehen, da Lise bereits ihr Bett verlassen hatte und schlafwandeln gegangen war? Oder würdet Ihr erwarten, Lise allein zu sehen, während der Hauptmann, der noch herumgeisterte und sich erleichtern wollte, sich nach draußen gewagt hatte und in die nachfolgende Schlacht verwickelt worden war, in der er sich überaus ehrenhaft gehalten hatte?

GRAF: Jede dieser Geschichten wäre dem traurigen Tod des Hauptmanns vorzuziehen.

PFITZ: Aber keine davon wäre die Geschichte von meinem Vater. Also laßt mich den Rest noch erzählen.

Von der Tür unten kam ein aufdringliches Klopfen, das Hans und Lise, die starr vor Entsetzen auf die blutige Leiche des Hauptmanns blickten, wieder aufrüttelte. Von draußen riefen nun Stimmen in einer unbekannten Sprache. Es war der Feind! Hans schloß die Schlafzimmertür und zerrte mit der plötzlichen Kraft und Geistesgegenwart, die nur das Entsetzen einflößen kann, die Leiche des Hauptmanns dorthin, um mit dieser Barrikade den Feind am Eintreten in das Zimmer zu hindern, in dem er und Lise nun nur noch fürs Überleben beten konnten. Unten wurde das Schloß aufgebrochen. Dann Lärm, als Gegenstände umgestoßen und zerbrochen wurden, nach Wertsachen gesucht wurde. Die feindlichen Soldaten waren wohl betrunken und in Hochstimmung über ihren leichten und unerwarteten Sieg. Es folgte ein rasches Poltern, als schwere Stiefel die Treppe hochkamen.

Für die alte Frau im anderen Zimmer gab es keine Rettung mehr; Hans und Lise konnten sich nur noch verstecken, und zwar unter dem Bett. Dies war ein schweres Gestell mit einem Holzrahmen und einer Seilbespannung, um die Roßhaarmatratze zu halten, aber es bot gerade genug Platz für die beiden, um darunter zu kriechen, wobei Hans beinahe auf Lise zu liegen kam, da das Bett zu schmal war, um ihnen nebeneinander Platz zu bieten. Sie hörten, wie gegen die Tür gedrückt, wie an der Klinke gerüttelt wurde – der Mann draußen rief seine Freunde her, die angerannt kamen und sich ihm anschlossen. Als nun mehrere gegen die Tür drückten, ging sie auf, wobei der leblose Körper des Hauptmanns beiseitegeschoben wurde. Und dann ihr Lachen über ihre Entdeckung – wären die feindlichen Soldaten nüchtern und bei Verstand gewesen, hätten sie erkannt, daß diese bedauerliche Gestalt hinter einer geschlossenen Tür notwendigerweise noch auf die Gegenwart seines an der Flucht gehinderten Mörders schließen ließ. Aber ihnen kam ein solcher Gedanke nicht – vielleicht meinten sie, daß er sich in sein eigenes Schwert gestürzt hatte, oder aber sie waren zu betrunken, um über das Thema weiter nachzudenken. Sie schleiften die Leiche nach unten, wobei die Stiefel des Hauptmanns bei seinem letzten traurigen Abstieg auf den Stufen polterten, brachten ihn nach draußen und ließen ihn auf der Erde liegen. Als sie wieder hoch kamen, erledigten sie die alte Frau – und noch einmal das herzzerreißende Geräusch eines weggeschleiften Leichnams. Dann, nach diesem blutigen Werk, hatten sie endlich Zeit, schlafen zu gehen.

Zwei von ihnen kehrten in Lises Zimmer zurück. Die ganze Zeit teilten sich unter dem Bett sie und Hans starr vor Schreck die gleiche Atemluft, weil sich ihre Münder beinahe berührten; ihr rasches, ersticktes Keuchen wurde noch qualvoller durch den jeweiligen Druck auf ihre beisammenliegenden Brustkörbe. Doch als zwei betrunkene fremde Soldaten sich aufs Bett fallen ließen, war es wirklich kaum mehr auszuhalten. Die beiden unten fühlten sich plötzlich ineinander gequetscht – ihre Münder und Wangen in eine schmerzhafte Deckungsgleichheit verschmiert, ihre Körper in eine peinigende Symmetrie geschweißt. Nur der unzerstörbare Überlebenswille hinderte die beiden daran, gegen ein solches Leiden aufzuschreien, und so blieben sie stumm, bewegungsunfähig und kaum imstande, Atem zu schöpfen. Nach ein paar Minuten verwandelten sich die tiefen Seufzer über ihnen in Schnarchen.

Das wäre die Zeit zur Flucht gewesen, wenn sie sich hätten rühren können, aber sie waren in dieser so starren wie ungemütlichen Position festgenagelt. Sie konnten nur in den Augenblicken Hoffnung schöpfen, wenn der eine oder andere Soldat über ihnen sich zufällig im Schlaf herumwälzte. Das schuf immer wieder eine willkommene Abwechslung und Erleichterung, und zuweilen versprach es sogar die Möglichkeit einer gewissen Freiheit – die kurze Gelegenheit, ein Glied zu beugen oder die Kopfneigung zu ändern.

Stunden vergingen – lange Stunden, in denen Hans und Lise unter dem Bett zusammen eingeklemmt blieben. Schließlich wurde der Schlaf des einen Soldaten durch einen Hustenanfall unterbrochen. Das Stoßen seines geschüttelten Körpers erzeugte ein ganz neues Repertoire des Unbehagens für die beiden Gefangenen, aber schließlich setzte er sich einen Augenblick auf, um sich zu räuspern, und die Gewichtsverlagerung ermöglichte es den beiden, ihre tauben Gesichter voneinander zu lösen. Als nächstes drehte sich der Soldat und setzte den Fuß auf den Boden, als wollte er aufstehen. Die Füße tauchten neben Hans auf – wobei der nachlassende Druck auf seine Schulter es ihm im Gegenzug erlaubte, einen Teil seines Gewichts von der armen Lise zu nehmen, die sich behutsam näher an die Außenkante des Betts schob – nun etwas weniger ängstlich, gesehen zu werden, da der Soldat über ihr mit nichts zu erkennen gab, daß er aufwachte.

Im winzigen Kerker unter dem Bett war ein hektischer Umschichtungsprozeß im Gange. Im Vergleich zu dem vorher Geschehenen schien diese Minute wie eine Zeit luxuriösen Komforts – die beiden streckten sich wie verschlafene Katzen. Nun übernahm Lise statt Hans die obere Position, legte sich über seinen Rücken, während er mit dem Gesicht nach unten liegen blieb – jeder konnte nun Luft schnappen, die noch nicht vom anderen verbraucht worden war. Es war schon annähernd eine Stellung, in der Schlaf ein wohliges Vergnügen verhieß – vor dem Ausruhen konnten sie sich um schmerzende und wunde Stellen kümmern, kleinere Anpassungen machen.

Dann plumpste der Soldat wieder an seinen Platz, und auf einmal war mit aller Wucht wieder jenes gewaltige doppelte Gewicht da – nur waren die beiden eingeklemmten Wesen darauf ganz und gar nicht gefaßt. Lise hatte sich gerade kratzen wollen – ihren Arm hatte sie so weit, wie sie nur konnte, gestreckt. Der plötzliche Druck hatte sie völlig unvorbereitet getroffen – ihre Hand war verloren, isoliert; in einem Bereich verschollen, in den sie sich nie hätte vorwagen sollen. Der Arm war unangenehm verdreht, die Finger waren gekrümmt und festgezwickt. Und ihre Fingernägel waren sehr fest in Hansens linke Gesäßbacke gekrallt.

Dies hätte wiederum der Zeitpunkt für einen lauten, herzhaft empfundenen Schmerzensschrei sein sollen. Es hätte die Zeit für einen unmittelbaren Rückzug, für eine aufrichtige Entschuldigung sein sollen. Aber es war der gefahrvollste Augenblick für ihr junges Leben, und beide wußten, daß diese überaus unglückliche Verrenkung statisch und starr wie eine Fliege im Bernstein bleiben müßte, bis zu der Zeit, da eine weitere Bewegung oben eine Neuordnung möglich machte. Diese Zeit kam jedoch nicht vor der Morgendämmerung. Viele Stunden lang blieben Lises Fingernägel in ihr wundes Fleischpolster gedrückt, während die beiden Gefangenen in einen Halbschlaf sanken, der von so großer Erschöpfung herrührte, daß er alle Furcht überwand.

Schließlich standen die Soldaten auf. Sie vergeudeten in der dürftigen Zelle, die ihnen für eine Nacht Obdach geboten hatte, keine Zeit; sie weckten ihre Kameraden, und nachdem sie rasch (in Übereinstimmung mit internationalem Recht) alles im Bauernhaus eingesammelt hatten, was eßbar, wertvoll oder von anderweitigem Interesse war, traten sie alle zusammen hinaus in die Morgenluft, wo sie lachten und schrien, als sie die Leichen des Hauptmanns und der alten Frau wiederentdeckten.

Als sich ihre Stimmen entfernten, wagten Lise und Hans endlich, unter dem Bett hervorzuschlüpfen. Sie standen zusammen auf, und ihre Empfindungen schwankten zwischen tränenreicher Freude, überlebt zu haben, und Kummer über die schrecklichen Ereignisse, die stattgefunden hatten. Schließlich umarmten sie einander.

Bis dahin hatten sie jede Kontur, jede Falte und Furche am Körper des anderen kennengelernt – doch auf drükkende, schmerzhaft verrenkte Weise. Diese neuerliche Umarmung war jedoch die von zwei freigelassenen Seelen – und nun waren sich ihre Körper fremd; geheimnisvoll und unbekannt. Hans griff an seinen noch brennenden Hintern. Lise konnte sich nun entschuldigen, und sie bot an, etwas Heilsames auf die Wunde zu tun. Hans wehrte aus Bescheidenheit ab, aber dann sagte Lise, daß sie in der letzten Nacht auch gelitten hätte. Ohne die geringste Scham hob sie ihr noch mit dem Blut des Hauptmanns beflecktes Hemdchen, und Hans sah mitten auf ihrem nackten Bauch die von seiner eigenen Hand hinterlassene Quetschung, die an vier Stellen blau angelaufen war. Er starrte auf Finger und Handteller und versuchte, ihre Form mit dem Abdruck zu vergleichen, den er durch anhaltenden und kaum wahrnehmbaren Druck im weißen Fleisch des Mädchens hinterlassen hatte. Darauf zog er seine dünne Kniebundhose herunter und versuchte, sich so weit zu drehen, daß er sehen konnte, was sie ihm angetan hatte – eine ähnliche Wunde, jedoch eingegrenzter dort, wo ihre Nägel durch den mangelhaften Schutz seiner Kleidung gedrungen waren. Ein brennender Bogen, der aus vier kleineren Halbkreisen aufgerissenen Fleisches bestand. Sie wollte Wolfsmilch und Hundelattich drauftun, um den Schmerz zu lindern – aber die Male würden nicht mehr verschwinden. »Wir tragen beide die Prägung des anderen«, sagte sie, »wir sind jetzt wie Zwillinge. Du mußte heute fort und dein Regiment finden und wirst mich nie wieder sehen, aber ich werde diese Wunde immer in Erinnerung an dich tragen, genauso wie du dich immer an mich erinnern wirst. Du wirst nie den Körper einer Frau so gut kennenlernen wie den, den du gerade vor dir siehst, und du wirst dem Herzen einer Frau auch nie so nahegekommen sein wie dem meinen.«

GRAF: Aber sein Regiment war in alle Winde zerstreut, und den Hauptmann gab es nicht mehr. Wie ist er dann zur Schlacht von Brunnewald gekommen?

PFITZ: Er ist den ganzen Tag gelaufen, bis er auf ein anderes Regiment gestoßen ist, das ihn als Trommlerjungen aufgenommen und ihn als Helden behandelt hat, weil er der einzige Überlebende seiner Einheit war.

GRAF: Und wie kommt ein Vater dazu, seinem jungen Sohn eine solche Geschichte zu erzählen?

PFITZ: Sie ist zugegebenermaßen sonderbar; mein Vater war auch ein äußerst ungewöhnlicher Mensch. Jedenfalls läßt die Geschichte einige Zweifel offen – viel später, als ich schon erwachsen war, leugnete meine Mutter, daß mein Vater an der Schlacht von Brunnewald teilgenommen hat, und sagte bei anderer Gelegenheit, daß er schon immer ein ungewöhnliches Mal gehabt hätte, weil er sich als Kind einmal auf eine Kleiderbürste gesetzt hat. Aber immer schon haben Eltern ihre Kinder und Männer ihre Ehefrauen angelogen. Wer weiß, wieviel Wahrheit in alldem steckt? Ich kann lediglich sagen: Wenn mein Vater es mir nicht leibhaftig erzählt hätte, wäre ich nicht geboren worden, um sie von ihm zu hören.

GRAF: Er muß ein sehr rücksichtsloser Vater gewesen sein, wenn er seinem eigenen Sohn eine so merkwürdige Geschichte auftischt.

PFITZ: Würdet Ihr also lieber eine andere Geschichte hören? In welcher ein bestimmter edler Herr mitten in der Nacht aufsteht, um sich zu erleichtern, und in seiner Verwirrung ins falsche Zimmer geht?

GRAF: Ein aufrichtiger Fehler.

PFITZ: Und ins Bett steigt, ohne zu merken, daß schon jemand darin schläft?

GRAF: Es war spät, und sehr finster...

PFITZ: Weswegen diese Person, die sein eigener Diener sein mag oder nicht, beim Aufwachen später nicht nur mit einem Brummschädel, sondern auch mit dem Anblick eines Manns fertig werden muß, der sein eigener Meister sein mag oder nicht, wie er neben ihm fest schläft, nachdem er das Zimmer des Dienstmädchens, das er gesucht hatte, nicht gefunden hat?

– Ist das letzte Nacht geschehen?

Möglicherweise; aber nun nicht mehr mit Sicherheit zu beweisen. Zur angegebenen Zeit schlief der Autor, und wir können uns nur auf die Aussagen von Pfitz und vom Grafen verlassen. Pfitz war betrunken, der Graf war müde, und es war sehr finster. Wir werden das Urteil offen lassen müssen.

KAPITEL NEUN

Am nächsten Tag ging Schenck wieder zur Arbeit. Er fühlte sich immer noch unwohl, aber das Verlangen, die Biographin wiederzusehen und den Aufwartungen von Frau Luppen zu entgehen, überzeugten ihn, sich im Kartographiebüro einzustellen. Er nahm Spontinis Buch sowie das neue Manuskript in der Aktentasche mit und hoffte, es bei der frühestmöglichen Gelegenheit der Biographin zu zeigen.

Er wußte immer noch nicht einmal den Namen dieser Frau, die ihm soviel Mühe verursacht hatte. Manchmal, wenn er an sie dachte, hörte er Grubers Beschreibung: »Der Rotschopf«. Er ersann auch verschiedene Namen, unter denen sie bekannt sein mochte. Er sagte sich diese Namen auf, während er sich vorstellte, wie sie an ihrem Tisch schrieb, wobei er hoffte, daß ihr wahrer Name, wenn er ihn aufspürte, sich auf irgendeine Weise offenbaren würde, sich dem geistigen Bild anheften und seine Authentizität verkünden würde. Während einiger Stunden am vorigen Abend war er zu der Überzeugung gekommen, daß sie eine Clara war. Der Name schien ihr gepaßt zu haben wie ein gutgeschnittenes Mieder, das sich an jede ihrer Rundungen schmiegte. Nun aber war das Wort vertrocknet und verwelkt und wie ein abgestorbenes Blatt von ihr abgefallen. Er wartete auf eine andere Möglichkeit, die es ersetzte.

Obwohl er nur einen Tag weg gewesen war, stapelten sich auf seinem Schreibtisch die Akten, die seiner Bearbeitung harrten; Karten, die geprüft und korrigiert werden mußten, sowie Mitteilungen und Anfragen von anderen Abteilungen. Die meisten dieser lästigen Pflichten waren ihm von Kollegen zugeleitet worden, die es ausgenützt hatten, daß er nichts ablehnen konnte. Doch unter all diesen Papieren war kein Wort von der Biographin. Ihm fiel ein, ihr eine Mitteilung zu schreiben, aber er sah rasch die Torheit des Unternehmens ein. Sie würde an der Handschrift erkennen, daß Pfitz sein eigenes Werk war und nicht das eines Kopisten.

Es dauerte eine Weile, bevor er sein Büro verlassen und zur Biographiesektion nach oben gehen konnte. Dort traf er sie wie üblich eifrig schreibend an. Er hoffte zumindest auf einige entschuldigende Worte, wenn sie ihn sah, doch statt dessen begrüßte sie ihn höflich und erwähnte das Geschehene mit keinem Wort.

»Ich hätte Sie gestern gerne besucht«, sagte er, »aber ich mußte zu Hause bleiben.«

»Waren Sie krank?«

Schenck wußte nicht, was er sagen sollte. Ihm war der Zwischenfall immer noch merkwürdig peinlich.

»Ich bin auf der Straße überfallen worden.«

Endlich fiel die Maske der Gelassenheit von der Biographin ab. Sie sah ernstlich besorgt aus. Auch alle anderen im Raum waren auf einmal aufmerksam geworden. Schenck sah sich um, und die Köpfe senkten sich einer nach dem anderen wieder.

»Können wir uns später zu einem Gespräch treffen? Um über das Manuskript zu reden. Schauen Sie, ich habe einen weiteren Teil hier.«

Die Biographin nahm ihn entgegen, aber sie wirkte irgendwie verwirrt, verdutzt, als wäre sie mit den Gedanken woanders; als würde sie gerade eine schwierige Berechnung anstellen.

»Ja«, sagte sie, »in Ordnung.« Und Schenck wurde leichter ums Herz. »Treffen Sie mich nach der Arbeit.«

»Wie kann ich sicher sein, daß Sie auch dasein werden?«

Die Biographin ließ sich auf nichts ein. Sie flüsterte beinahe. »Kommen Sie wieder her, Sie werden mich antreffen. Warten Sie, bis alle anderen gegangen sind.« Wiederum sah Schenck, wie sich wißbegierige Gesichter im Raum erhoben und wie Enten auf einem Teich wieder senkten. Er hoffte, alle hatten den Augenblick seines Triumphs mitbekommen.

Er ging wieder nach unten. Es würde ein weiterer Tag werden, an dem seine Karten kaum mehr als eine Ablenkung von den köstlichen Gedanken wären, die seine Phantasie neckten. Jeder noch gehegte Groll wegen seines vergeblichen Wartens vor zwei Abenden war nun ausgelöscht; der Ablauf dieses Abends, da war er sicher, würde all seine Anstrengungen rechtfertigen.

Seine Gedanken hüpften rastlos von einer Sache zur anderen. Er zeichnete den Verlauf von tausend Rinnsalen in den Straßen Rreinnstadts auf einem Plan ein, der ein Gebiet der Stadt nach einem heftigen Regenguß zeigte. Jedes Bächlein war sorgfältig berechnet worden, seine Ladung an feuchtem Laub eingeschätzt und berücksichtigt. Würde die Kanalisation sie bewältigen? Das war die Kernfrage, die wochen- und monatelang einige der klügsten Köpfe beschäftigt hatte. Aber Schenck stellte nun fest, daß es ihm völlig egal war. Eines der Bächlein wurde zu einem Gekritzel, es kringelte und schlängelte sich auf eine Weise, die sämtlichen Gesetzen der Strömungsmechanik zuwiderlief. Als er das sah, radierte er schlicht die Bleistiftstriche aus und fing von neuem an.

Er dachte an Pfitz und Spontini. Er überlegte, ob er die Karte noch einmal konsultieren sollte, sah aber davon ab. Dort war Gruber, und er wollte nicht ins Gespräch gezogen werden. Noch nicht. Morgen vielleicht; sobald sich ein Gesprächsthema oder eine Andeutung ergäbe.

Der von Gruber erhaltene biographische Abriß fesselte Schenck, und er wollte mehr herausfinden. Er mußte von der Literatursektion gekommen sein. Das wäre seine nächste Ablenkung, mit der er den Tag verstreichen lassen konnte. Sobald sich die Gelegenheit bot, stand er auf und machte sich auf den Weg dorthin.

Der Aufseher war immer noch in Rimmler vertieft. Er saß da, in der einen Hand das Buch, in der anderen die Feder, zum Zustoßen bereit. Er war wie ein Reiher beim Fischfang anzusehen. Völlige Stille, Reglosigkeit, und dann »Natürlich!«, und schon sauste die Feder des Aufsehers nieder, um einen Satz anzufügen, an einer Stelle die Grammatik zu korrigieren oder eine Metapher zu verbessern.

Als er Schenck schließlich bemerkte, gab er kein Zeichen des Erkennens. Seine Welt bestand aus Büchern, nicht aus Menschen.

»Ich bin gekommen, um wegen Spontini was zu fragen.«

Die Erwähnung eines Autorennamens setzte die Gedanken des Aufsehers in Gang. Der Name war vertraut; er hatte ihn vor einigen Tagen im Index gesehen. Und er hatte ein Buch ausgegeben.

»Ja; ich habe es ausgeliehen.«

»Wollen Sie es nun zurückgeben?«

»Nein, ich wollte mehr über Spontini herausfinden.«

Schenck zog die biographische Übersicht heraus, die Gruber zusammengeschrieben hatte.

»Versuchen Sie es einen Stock höher.«

Das hatte er bereits, bevor er hierhergekommen war, hatte aber feststellen müssen, daß das Büro geschlossen war.

»Dann kann ich Ihnen nicht helfen.«

Schenck regte dieser Starrsinn auf. »Was ist mit den Namen der Schreiber, die an Spontinis Buch gearbeitet haben; können Sie mir irgend etwas darüber sagen?«

»Nicht meine Abteilung.«

Wenn er vom Aufseher irgendeine Hilfe bekommen wollte, mußte Schenck es auf andere Weise probieren. »Schauen Sie, ich finde es ziemlich schwierig, genau zu verstehen, wie Sie in der Literatursektion arbeiten. Spontini ist doch von mehreren Schreibern geschaffen worden…«

»Wahrscheinlich.«

»Und dann ist er verrückt geworden und hat sein Buch offenbar in so etwas wie eine Autobiographie verwandelt.«

»Das kommt schon vor.«

»Wäre das alles genau so geplant worden? Wären die Biographen sich erst über Spontinis Wahnsinn einig geworden, und die Schreiber wären ihnen dann gefolgt?«

Der Aufseher klappte sein Buch zu, nachdem er die Stelle sorgsam markiert hatte. Er forderte Schenck auf, sich hinzusetzen.

»Nehmen Sie Rimmler zum Beispiel. Fünf von uns arbeiten an ihm. Zunächst einmal wird er von der Biographie erschaffen – dort fängt alles an. Und an einem Punkt in seinem frühen Leben wird deutlich, daß er einer literarischen Berufung folgen wird (Rimmler war an der Schule von einem aufgeklärten Rhetoriklehrer gefördert worden). Dann sind wir an der Reihe. Bislang gibt es von Rimmler nur ein paar Daten (sein Tod ist dabei nur provisorisch; sobald die Pathologieabteilung die Nase reinsteckt, kann eine Menge passieren) und hie und da einige Anekdoten. Es existiert noch keine nennenswerte Persönlichkeit; keine Substanz. Erst wenn Rimmler ein Schriftsteller wird, kann das herauskommen. Er ist, was er schreibt.

Wir fünf diskutieren über ein paar allgemeine Ideen. Wir wissen, welche Bücher Rimmler liest, kennen seinen familiären Hintergrund und so weiter. Wir vereinbaren vier Punkte: einen Titel, ein Milieu, einen Schauplatz, einen Stil und eine Handlung. Dann gehen wir alle auseinander und fangen zu schreiben an. Nach einer Woche vergleichen wir, was wir haben. Wir zerstückeln alles und fügen es wieder neu zusammen – ich scherze natürlich; der Vorgang ist in Wirklichkeit ein sehr subtiler, der jahrelange Praxis erfordert. Wir fassen unsere verschiedenen Texte zu einem einzigen Stück zusammen. Was sich daraus ergibt, ist etwas vollständig Neues. Kein einzelner von uns hat das Werk geschaffen; es enthält etwas von jedem von uns, aber auch noch etwas anderes. Es ist größer als die Summe seiner Teile. Und dieser zusätzlich sich ergebende Bestandteil ist die Persönlichkeit von Rimmler. Es ist ein magischer Prozeß, schwer zu erklären, aber er passiert immer. Bereits nach einer Woche hat er ein eigenständiges Leben gewonnen.

Dann gehen wir wieder weg, um den nächsten Teil zu machen. Wir wissen, wie die Geschichte beginnt, und wir wissen, wer sie schreibt. Wir können beim Schreiben allmählich wie Rimmler klingen; wir versuchen, uns für ihn auszugeben. Wieder fassen wir unsere Bemühungen zusammen, verschmelzen sie zur richtigen Form. Und so geht es weiter.

Sobald jedes neue Stück des Buchs fertiggestellt ist, schicken wir es zur Biographie, damit sie einen vollständigeren Eindruck von der Person bekommen, über die sie schreiben. In der Geschichte gibt es eine Liebesaffäre – könnte sie auf Fakten beruhen? Jede Schriftstellerei ist schließlich in einem gewissen Grad autobiographisch. Und so machen die Biographen ihre Recherchen und finden womöglich, daß Rimmler Gelegenheit hatte, eine Beziehung zu einer Gouvernante einzugehen, die er jeden Tag im Park traf. Biographie schickt uns die Einzelheiten; wir verwenden sie später wieder in seinen Werken.«

»Faszinierend«, sagte Schenck. »Aber verzeihen Sie mir die Bemerkung: Es klingt alles ein bißchen künstlich. Wie kann von einer so großen Gruppe von Leuten ein originales Kunstwerk und sogar eine Persönlichkeit geschaffen werden?«

»Sind Sie sicher, daß das nicht so ist, wie alles wirklich geschieht? Wenn ich mich hinsetze, um Rimmler zu schreiben, wie viele Stimmen höre ich da in meinem Kopf? Können Sie sicher sein, daß Sie selbst wirklich eine einzige Person sind, nicht viele in einem Körper?«

»Na schön, aber was ist mit Spontini? Wie kann ein Schriftsteller verrückt werden?«

»Es gibt viele Arten von Wahnsinn. Vielleicht sind in den Bestandteilen, aus denen er zusammengesetzt wurde, Unstimmigkeiten entstanden. Es könnte Spannungen, Auseinandersetzungen gegeben haben. Das kommt vor.«

Schenck versuchte, alles in sich aufzunehmen, was er

gehört hatte. Der ganze Vorgang schien so geheimnisvoll, so unwahrscheinlich. Und doch war dieser Ort vollgestopft mit seinen Früchten; die endlosen Regale mit abgeschlossenen Büchern.

»Eines kann ich noch nicht ganz verstehen. Wenn mehrere Personen daran arbeiten, einen Autor zu produzieren, wie können sie es dann schaffen, so oft bei einer einzigen Persönlichkeit anzukommen? Ich hätte gedacht, es wäre bei jedem Verfasser eher üblich, in seine eigene Richtung zu streben.«

»Das wird durch den Ausgleichsprozeß gefördert, wenn das Werk lektoriert und kompiliert wird. Aber Sie müssen auch daran denken, daß das, was uns alle in der Schriftstellervereinigung zusammenhält (zu der ich als Hauptoberamtmann Erster Klasse gehöre), ein Gefühl des gemeinsamen Zwecks ist. Wir arbeiten alle für Rreinnstadt und für unsere Autoren, nicht für persönlichen Ruhm oder öffentlichen Beifall. Unser Ziel ist, in unserem Werk zu verschwinden. Und wenn wir die Persönlichkeit unseres Autors erschaffen, sollte ich dazu erklären, daß es da einige fachliche Kunstgriffe gibt, die bei der Arbeit helfen. Das kommt durch die Erfahrung im Laufe der Jahre.«

»Was, zum Beispiel?«

»Also zuallererst sollten wir immer mit dem Leser anfangen. Zu einem sehr frühen Stadium der Komposition kommen wir überein, für wen das Buch sein soll. Jeder Schriftsteller schreibt für einen bestimmten Leser – das kann eine wirkliche Person sein, eine Erinnerung oder eine Phantasie, doch dieser Leser ist stets in seiner oder ihrer Erinnerung gegenwärtig. Wir halten ein Buch für gut, wenn es uns das Gefühl gibt, wir selbst sind dieser bestimmte Leser, den der Autor im Sinn hatte. Dann ›spricht‹ das Buch zu uns. Das ist einer der Kunstgriffe in unserem Gewerbe. Sobald wir also unseren Leser bestimmt haben, richten wir das Schreiben in diese Richtung aus. Erfinde erst deinen Leser, dann wird dein Schriftsteller sich ganz von selbst ergeben.«

»Ich frage mich, wer ist wohl der Leser von Spontini?«

»Hoffentlich können Sie das herausfinden. Sie haben da oben recht unregelmäßige Schalterstunden, aber ich bin sicher, Sie werden sie schließlich erwischen.«

Dann wandte sich der Aufseher wieder seiner Arbeit zu. Schenck fühlte eine neue Hochachtung, als er zuschaute, wie dieser Bruchteil von Rimmlers Persönlichkeit wieder loslegte.

Die Verfasserabteilung war immer noch ohne Erklärung geschlossen, und so ging Schenck wieder in die Kartographiesektion. Seine sich schlängelnden Bäche fesselten ihn nicht. Er dachte an Spontini, an Pfitz, diese unerreichbaren Persönlichkeiten. Er wußte immer noch nicht, wer Pfitz wirklich war; der Charakter, über den er geschrieben hatte, war pure Erfindung. Aber dennoch hatte dieser bereits ein eigenes Leben angenommen, eine eigene Persönlichkeit. Diese fiktiven Gestalten waren für ihn so real wie die Biographin, jene Frau, die auch noch Gegenstand der Spekulation, der Hypothese war.

Er hatte keine Lust auf seine Karten. Er holte Spontinis Buch aus der Tasche, öffnete es aufs Geratewohl und begann zu lesen.

KAPITEL ZEHN

Der kleine Hof hinter dem Palast; ein von Arkaden eingefaßtes Geviert aus weißem Marmor, wo Bögen im Gleichmaß von einer schlanken Säule zur anderen schwingen. Ein Ort, an dem alles von mir Erlernte auf natürliche Weise in den Brennpunkt rückt. Materielle Substanz, ist mir gesagt worden, sei nichts weiter als eine Art von Bewegung; eine Art Übergang. In der ruhigen Stille des Hofs meditiere ich über diese Lehre.

Wiederum höre ich ihre Stimmen. Sie wecken mich auf, reißen mich aus dem Schlaf. Die Zelle ist kalt und feucht, aber ich weiß, dies ist nur eine weitere Täuschung von ihnen. Sie haben mich als ihren Diener erschaffen, aber dennoch ist es so leicht, ihnen ungehorsam zu sein! Eine Stimme sagt mir: Denke an den Hof. Aber ich denke statt dessen an etwas anderes, und ihre Gewalt über mich ist aufgehoben.

Alles, so wird behauptet, sei eine Art Bewegung. Es ist nicht nur der Fall, daß jegliche Materie in ständiger Bewegung ist, sondern diese Materie selbst ist in die Bewegung einer höheren Substanz eingebunden. Mit anderen Worten, Bewegung kommt vor der Materie und existiert unabhängig von ihr.

Ständig Täuschung, Betrug, Phantasiegebilde. Ich verspüre Hunger, und schon erscheint Nahrung, unter der Tür meiner Zelle durchgeschoben. Es ist, als hätte mein Hunger die Nahrung geschaffen. Um damit zu experimentieren, versuche ich das Hungergefühl zu simulieren, um zu schauen, ob sich der Effekt wiederholt und mehr Nahrung erscheint. Als das nicht erfolgt, frage ich mich, ob meine Simulation genau genug war. Wie kann ich mein Rollenspiel mit der tatsächlichen Empfindung vergleichen? Meine Erinnerung an den Hunger könnte genauso unvollständig sein wie meine Erinnerung an all die anderen Dinge, die einstmals jenseits dieser Zelle für mich existierten.

In der Mitte des Hofs plätschert ein Springbrunnen kühl in der Mittagshitze, während der ich mich gewöhnlich in den Schatten setzte. Eine Wasserflamme, die sanft blubbert und wabert, beständig nicht in der Gestalt, sondern eher in der Form, und fortlaufend von dem Wasser aufgefüllt, das hinaufsteigt. Wie kommt es, daß Wasser seine Form beibehält, wenn es ständig wechselt? Und sind wir selbst nichts weiter als eine unvollkommene starre Form, durch die endlos eine höhere Substanz fließt? Und ist der Hof zusammen mit der Erinnerung daran nichts weiter als eine flackernde Flamme der Vorstellung?

Jemand kann sich in seinem Glauben irren, aber kann er sich *über* seinen Glauben irren? Wenn eine Person glaubt, daß sie existiert, dann kann sie sich nicht im Irrtum befinden. Doch wenn eine Person behauptet, nicht an ihre eigene Existenz zu glauben, wie sollen wir darauf eingehen? Sagen wir, er sei ein Lügner? Auch wenn wir ihm zureden, daß seine Stimme und seine Gedankenäußerungen seine Existenz beweisen, behauptet er immer noch, eine Illusion zu sein. Ist er im Irrtum, wenn er sich vorstellt, einen solchen Glauben zu haben?

Denk jetzt nur an den Hof. Quadratisch, weiß, vollkommen. Und die Bögen: halbkreisförmig. Wie ein harmonischer, festgefügter Musikakkord. Stationär, aber doch in Bewegung. (Zitternde Stimmen, die eine Note zu halten versuchen. Luft, die durch weiße Kehlen strömt.

Das langsame Echo einer großen Kirche.) Morgen, tröste ich mich, wird in seinem Kommen so endlos sein wie das Schmelzen einer Schneeflocke im Fluß. Und mein Ende wird so endlos sein wie diese Halbkreise, die in einem ewigen Geviert von Säule zu Säule schwingen. Die Welt ist nichts weiter als das flüchtige Strömen einer höheren Substanz durch eine endlose Leere.

Der Urheber dieser Worte leugnet seine Existenz. Wie sollen wir darauf eingehen? Er behauptet, daß seine Worte (welche, wie wir ihn zu überzeugen versuchen, aus seinem eigenen lebendigen Verstand kommen) statt dessen das Werk anderer sind; daß er eine von Unbekannten erträumte Fiktion ist, deren Motive unerforschlich sind.

Im Hof verharrt eine Schlankjungfer an der Fontäne. Langer roter Körper, zart und zerbrechlich; und glitzernde Flügel, deren rasches Schlagen für meinen trägen Gesichtssinn nicht wahrnehmbar ist. Meine Augen fixieren jetzt jenseits des Springbrunnens und des Insekts den Wandelgang; ihre Gestalt, die so aussieht wie damals, als sie unter den gewaltigen konkaven Brüsten des gewölbten Kirchendaches stand. Das einzige Geräusch das Plätschern des Springbrunnens, und irgendwo weit weg das Zirpen der Grillen. Das einzige Geräusch in meiner Erinnerung die stumme Vision ihres erhobenen Kopfes, während ihr offener Mund zitterte und die lange Note hielt, trug, die aus ihrer weißen Kehle aufstieg, sich aufschwang und in den Kirchenraum strömte. Ihr weißer Körper nichts weiter als das Gleiten des Bewußtseins durch eine kurzfristige Öffnung in der vorhangverhüllten Leere. Wie sich die Bilder zusammenfügen: das hohe Gewölbe der Kirche (weiß), der Arkadenhof (weiß) und ihr nackt vor mir liegender Körper. Alles weiß.

Nichts davon kann geschehen sein. Der Prinz und seine Gemahlin sind Fiktionen; diese Zelle, in der ich glaube gefangen zu sein, ist eine Fiktion. Stimmen sprechen zu mir, reden mir ein, daß nichts von dem real sei, daß ich eine Figur in der Geschichte von jemand anderem sei, daß ich ein Gedanke im Geist eines anderen sei, daß ich hohl und leer sei; daß die von mir gesprochenen Worte von diesen anderen geschrieben, von diesen anderen hergeschickt werden. Dennoch zweifle ich daran. Und wenn ich versuche, nicht an den Hof zu denken, muß ich feststellen, daß ich schließlich doch daran denke. Kann einer es schaffen, an etwas Bestimmtes nicht zu denken?

Unbelebte Substanz oder das Gleiten eines höheren Geistes durch die Räume, die wir ausfüllten, sie und ich. Ihr weißer Hals zitterte, als ihre Stimme in einer einzigen Note erklang und unter dem Kirchengewölbe ein Echo hervorrief. Und dann ihre Gestalt, nicht lange danach von der Arkade vor mir eingerahmt. Diese beiden Augenblicke waren in Wirklichkeit ein einziger. Ich erblickte nun eine andere Frau, aber es war doch das gleiche Ereignis. In der Kirche sah ich die Gemahlin meines Meisters. Jenseits des Springbrunnens sah ich den Schatten einer Schlankjungfer.

Wenn es einem nicht gelingt, an etwas Bestimmtes nicht zu denken, was ist es dann, was diesen Teilbereich des Verstandes beherrscht, über den wir keine Gewalt haben? Hat der Verstand wieder einen ganz eigenen Verstand? Ich lese die Worte, die sie mir schicken, diese Gedanken, die angeblich meine sind und mir dennoch fremd vorkommen. Vielleicht kann ich aus den handgeschriebenen Zeilen die wahre Identität ihres Verfassers herauslesen. Ich glaube, ich sehe ihn, aber dennoch ist seine Gestalt vage und schwer zu erkennen.

Jenseits des Schattens der Schlankjungfer, jenseits des blassen Flackerns eines Springbrunnens, jenseits des fernen Zirpens der Grillen oder des erinnerten Tremolos einer lange gehaltenen Note die Bewegung einer Gestalt (weiß); sich abwendende Augen, doch dann noch einmal ein unwiderstehliches Heben des Gesichts, das Verharren des Blicks, die getragene Note des Sichtbaren quer über den Hof, in dem ich oft der Lehre nachgrübelte, die mir mein Meister einst beigebracht hatte: daß jegliche Materie aus einer unaufhörlichen Form der Bewegung besteht. Sie wendet sich ab, schreitet durch eine Bogentür in die Dunkelheit, die durch die Entfernung und das blendende Sonnenlicht (weiß) noch düsterer wird. Ich stehe auf und gehe um den Arkadenhof zu der Stelle, an der ich sie schreiten sah.

Morgen werde ich herausgeholt werden zum Rendezvous mit dem Tod. Und erst dann, in jenem allerletzten Augenblick, werde ich Gewißheit erlangen können, ob die Worte meines Meisters tatsächlich wahr sind oder nicht; ob ich wirklich nichts weiter bin als ein Fluß, durch den die Ereignisse geflossen sind, und die Welt selbst nichts weiter ist als ein größerer Fluß, in dem sich alle Wasserläufe vermischen. Ein großer, kalter Fluß aus endloser Dunkelheit.

Der Hof – denk nur daran. Weiß, blendendes Weiß im Sonnenschein. Und hinter dem Springbrunnen, im Schatten einer Schlankjungfer, die flüchtige Gestalt einer Frau, nur halb erfaßt, als sie aus dem Rand meines Blickfelds huscht. Stehe ich nun wirklich auf ihr Geheiß auf und begebe mich auf den Weg um den Hof zu der Stelle, wo sie sich hastig zurückgezogen hat? Und auf der anderen Seite die Tür einen Spalt offen. Die Tür, durch die ich in die Dunkelheit trete, und in die Schlaffheit.

In schlaffe Dunkelheit. Die Dunkelheit eines vorhangverhüllten Zimmers. Eine weiche, vorhangverhüllte Leere der Dunkelheit.

KAPITEL ELF

Schenck versuchte in seiner Vorstellung die unterschiedlichen Stimmen heraufzubeschwören, die zusammen Spontinis Werk erschaffen hatten; miteinander streitende, mißtönende Stimmen, die Spontini schließlich zur Verzweiflung trieben. Er konsultierte noch einmal den Plan, der ihn faszinierte; denjenigen, der das Zimmer des Grafen im Gasthof zeigte. Der ausradierte Name war sicherlich der von Spontini. Als hätte Pfitz ihn irgendwie ersetzt; dieser kümmerlich gezeichnete Fleck auf dem Boden, dessen Name so hastig hingekritzelt, daß er kaum zu lesen war. Die Geschichten von Spontini und vom Grafen kamen gewissermaßen zusammen; ihre Überschneidung ein Geheimnis, das wohl nur eine gründliche Untersuchung der Dokumente im Biographischen Amt aufdecken würde.

Gruber erblickte ihn. »Sie sind in letzter Zeit an diesem Plan sehr interessiert.«

Schenck erfand eine Ausrede über ein besonderes Problem, an dem er gerade arbeitete.

»Als Sie für mich die Informationen über Spontini aufspürten, wo haben Sie die herbekommen?«

»Verfasserabteilung. Ich verstehe immer noch nicht, was das alles soll, Schenck.« Aus seiner Stimme war eine gewisse Unruhe herauszuhören. Hoffte er immer noch, die Biographin zu gewinnen?

»Ich habe es Ihnen doch gesagt; bloß ein Name, auf den ich gestoßen bin.« Schenck spürte allmählich, daß er sich in etwas verstrickte; daß er ein Punkt auf einer sehr komplexen Karte war, von Zeichen umgeben, deren Bedeutung er nicht voll ergründen konnte. Er mußte immer noch die wahre Identität von Pfitz herausfinden, konnte sich aber an niemanden um Hilfe wenden. Gruber war sein Rivale und mußte von allem ferngehalten werden, was mit der Biographin zu tun hatte, während sie wiederum nicht die Fälschung entdecken durfte, die er bei der Erstellung der an sie weitergeleiteten Dokumente begangen hatte.

Er wandte sich wieder jenen infernalischen Gießbächen schlammigen Regenwassers zu. Sie färbten auf sein Denken ab, sickerten in seine Überlegungen und tränkten jeden Gedanken. Er hätte den Plan, den er gerade erstellte, am liebsten in tausend Fetzen gerissen.

Die Stunden verstrichen, und die Zeit für sein Stelldichein rückte näher. Die Leute gingen heim; er hörte, wie auf der Treppe andere Biographen flott herabkamen. Er wartete, bis in seinem Büro niemand mehr war, und ging dann nach oben.

Sie war noch an ihrem Schreibtisch, nun die einzige Person im großen Raum. Als Schenck eintrat, wandte sie sich mit einem Blick zu ihm um, vom Geräusch verblüfft.

»Nur ich.«

Und nun erhob sie sich. Schenck sah sie zum ersten Mal vom Schreibtisch aufstehen; sie war größer, als er gedacht hatte. Er spürte einen starken Drang, sie zu halten. Er trat näher und sprach:

»Ich habe Sie die ganze Zeit fragen wollen...« Er zögerte. »Was ist passiert? Als ich neulich auf Sie gewartet habe, warum sind Sie nicht gekommen?«

Sie wandte den Blick ab, als schämte sie sich. »Ich kann es jetzt nicht erklären.«

»Wollen Sie mir wenigstens Ihren Namen sagen?«

Sie blickte ihn wieder an und lächelte ihm wie einem Kind zu. »Ich heiße Estrella.«

Das hatte nicht auf Schencks Liste der möglichen Namen gestanden, aber als er den Namen nun hörte, erkannte er, daß er ausgezeichnet zu ihr paßte. All jene anderen Namen, die wie schwebende Insekten um seine Erinnerung an ihr Gesicht gekreist waren, flogen auf einmal davon und sahen absurd und unangemessen aus. Warum war er nicht früher darauf gekommen?

»Haben Sie schon Zeit gehabt, das ganze Manuskript zu lesen, das ich Ihnen gegeben habe?«

»Nicht ganz. Haben Sie gesagt, es stamme aus der Literatursektion?«

Schenck mußte behutsam vorgehen. »Der Kopist arbeitet in der Anekdotenabteilung.«

»Wie heißt er...?«

»Und das Manuskript soll von der Literatursektion überprüft werden. Es könnte aber auch noch im ›Büro für nicht verläßliche Informationen‹ landen.«

»Wollen Sie mir verraten, wer der Kopist ist?«

Schenck überlegte, was er sagen sollte. Der Gedanke, sie anzulügen, erfüllte ihn mit Abscheu, aber dennoch hatte er keine andere Wahl. »Ich kann Ihnen seinen Namen nicht nennen, Estrella. Wissen Sie, er hat ohne Befugnis gehandelt, als er mir die Dokumente zeigte. Ich möchte ihn nicht in Schwierigkeiten bringen.«

»Wenn das so ist, wer ist dann der Autor von Pfitz, wer sind seine Verfasser?«

»Bedauere, das sollten Sie besser nicht wissen.«

»Wie schade.« Sie machte sich daran, ihren Schreibtisch für den Feierabend aufzuräumen. »Der Stil ist sehr interessant.«

»Gefällt er Ihnen?«

»Ich habe das Gefühl, er spricht mich auf eine Weise an, die ich nicht genau beschreiben kann.«

Schenck verspürte großen Stolz, versuchte es aber nicht zu zeigen. »Ein gutes Buch zeichnet sich dadurch aus, daß es einem das Gefühl vermittelt, es wäre für einen selbst geschrieben worden.«

»Ja, wie wahr«, entgegnete Estrella. »Ich sehe schon, Sie wissen Literatur zu schätzen.« Sie legte ihren Arm in seinen. »Gehen wir?«

Es war eine schlichte Geste, für Schenck aber war es eine Botschaft von solcher Komplexität, daß die Erklärung Bände gefüllt hätte. Sie gingen zusammen hinaus, die Treppe hinunter zur Straße, auf der es dunkel und kalt war. Die ganze Zeit hielt Schenck seine Begleiterin dicht bei sich, sogar so sehr, daß das Gehen zuweilen beschwerlich wurde.

Der Vollmond goß blaues Licht über die Gebäude und Straßen, wandelte ihre Tageslichtfarben in neue Schattierungen um, die einzig der Nacht gehörten. Schenck betrachtete aus dem Augenwinkel die Gestalt, die neben ihm her schritt; ihre bleiche Haut und Lippen, die nicht mehr rot waren. Er konnte die Wärme ihres Arms spüren, doch jedesmal, wenn er sie näher an sich zu drücken versuchte, entzog sie sich ihm wieder sanft ein wenig.

»Welchen Weg sollen wir einschlagen?« fragte er sie.

»Ihre übliche Route«, erwiderte sie. Lud sie sich in sein Haus ein? Unterm Gehen blickte sie immer wieder mal zur Seite oder über die Schulter, als fürchtete sie, verfolgt zu werden. Als sie mit Gruber gegangen war, stellte Schenck fest, hatte sie keine solche Besorgnis gezeigt. Er hätte am liebsten eine Erklärung von ihr verlangt, fürchtete aber ihre Antwort.

Schenck brachte die Rede wieder auf Pfitz. »Die Authentizität des Manuskripts ist noch fragwürdig. Ich muß noch mehr recherchieren. Und da scheint es eine Verbindung zu einem Autor namens Spontini zu geben.« Er spürte, wie ihr Arm steif wurde, als würde sie darauf reagieren. »Haben Sie von ihm gehört?«

»Nein, noch nie. Was für eine Verbindung?«

»Ich weiß es noch nicht. Sein Name ist von dem Plan wegradiert worden, auf dem der von Pfitz auftaucht.«

»Wegradiert? Von wem?«

»Vermutlich vom Zeichner des Plans, Balthus, der aber leider nicht mehr unter uns weilt.«

»Wie ist er gestorben?«

»Ich habe keine Ahnung. Altersschwäche, vermute ich. Kartographen erfreuen sich üblicherweise eines langen Lebens. Es ist eine so friedliche und ereignislose Beschäftigung.« Sie waren an der Straße angelangt, in der Schenck wohnte. Er bot Estrella wieder an, sie nach Hause zu begleiten.

»Nein«, sagte sie. »Gehen Sie nur gleich in Ihre Wohnung. Ich fühle mich ganz sicher.«

»Aber die Straßen sind dunkel – da ist es doch nicht ratsam, allein weiterzugehen.«

»Bitte, lassen Sie mich. Ich werde Ihr Manuskript daheim zu Ende lesen.« Sie biß sich auf die Lippe. »Wenn ich es heute abend auslese, darf ich dann bei Ihnen vorbeikommen und es zurückbringen?«

Schenck dachte an Frau Luppen.

»Es könnte ein bißchen schwierig werden... Aber ja, selbstverständlich.«

Sie wünschte ihm eine gute Nacht, und er ließ sie stehen. Als er bei der Tür war, schaute er zurück und merkte, daß Estrella ihm noch nachsah. Dann wandte sie sich um und schritt in die Richtung davon, aus der sie gekommen waren. Schencks Haus lag nicht einmal auf ihrem Heimweg.

Drinnen roch es nach gekochtem Kohl. Frau Luppen kam aus ihrer Wohnung, um ihn zu begrüßen.

»Möchten Sie etwas essen?«

Er lehnte ab und ging auf sein Zimmer. Dort zündete er die Lampe an und setzte sich beim Fenster an den Tisch, an dem Pfitz erschaffen worden war – sein Pfitz; ein Geschöpf, das möglicherweise keinen Bezug zu dem Fleck hatte, der Spontini ausgelöscht hatte. All das besaß irgendeine Bedeutung, aber sie hatte sich noch nicht gezeigt. Estrella hatte ihn heimbegleitet und ihn dann verlassen. Spontini bedeutete ihr etwas. Sie hatten jeweils ihre Geheimnisse zu hüten. Würden sie es je schaffen, diese Hindernisse zu überwinden und offen miteinander zu sprechen?

Von unten drang der Dunst von Kohlbrühe zu ihm hoch. Er erinnerte sich an das borstige Schweinefleisch und an Frau Luppens Busen nah an seinem Gesicht. Diese Bilder genügten, um jeglichen Appetit, den er gehabt haben mochte, zu verjagen. Er fühlte sich müde und leicht unwohl. So schlief er auf seinem Sitzplatz ein.

Als er aufwachte, schätzte er, daß ein oder zwei Stunden vergangen sein mußten. Der unangenehme Geruch unten hatte nun in den Mägen von Frau Luppen und Flussi seine Ruhestätte gefunden. Schenck rieb sich die Augen und blickte aus dem Fenster auf die dunkle Straße. Er sah eine Gestalt näher kommen.

Er rieb sich erneut die Augen und schaute genauer hin. Jemand hatte sich in den Schatten eines Gebäudes zurückgezogen. Jemand beobachtete ihn. Er öffnete des Fenster und überlegte, ob er etwas rufen sollte. Dann trat die Gestalt einen Schritt vor. Es war Estrella.

»Was tun Sie hier?« Seine Stimme war ein heiseres Flüstern, das dennoch die stille Straße zu füllen schien. Sie hielt ihm das Manuskript gut sichtbar entgegen. »Warten Sie!« sagte er und ging dann so leise wie möglich zur Haustür hinunter. Estrella wartete schon, als er öffnete.

»Ich habe es Ihnen zurückgebracht«, sagte sie.

Eine Stimme rief: »Sind Sie das, Herr Schenck?« Hinter der geschlossenen Tür ihrer Wohnung klang Frau Luppen verschlafen und unsicher. Der Kartograph erwiderte, er würde nur ein wenig Luft schnappen. Er machte Estrella ein Zeichen, leise nach oben zu gehen, und folgte ihr dann.

Nun waren sie beide in seinem Zimmer. Als Estrella die leeren Seiten auf dem Tisch sah, erklärte er, sie seien für einen Bericht. Er bot an, ihr den schweren Mantel abzunehmen, aber sie meinte, sie würde ihn lieber anlassen. Sie erschien reserviert und leicht unbeholfen, als wäre sie mit den Gedanken woanders. Sie lehnte auch sein Angebot ab, sich zu setzen, und blieb statt dessen bei der Tür stehen, die Schenck hinter ihr zumachte.

»Hier ist das Manuskript«, sagte sie und hielt ihm mit ausgestrecktem Arm wieder den Packen Papier hin. Schenck nahm ihn ihr ab.

»Stimmt etwas nicht?«

»Nein«, erwiderte sie. »Verzeihen Sie. Ich bin etwas müde, das ist alles.«

»Sie hätten mir die Dokumente auch morgen geben können.«

»Ja. Aber ich wollte Sie sehen.«

Schenck war, als würde sie ihn mit der einen Hand zu sich her ziehen, aber mit der anderen von sich weg stoßen. Alles in ihren Worten und Gesten schien widersprüchlich, von widerstreitenden Begierden gesteuert.

»Sie haben mir gesagt, Sie seien vorgestern überfallen worden«, sagte sie. »Haben Sie irgendeine Ahnung, wer Ihr Angreifer gewesen sein könnte?«

»Er ist von hinten gekommen und weggerannt, bevor ich mehr als eine dunkle flüchtende Gestalt habe sehen können.« Schenck war nicht gewillt, weiter über die Angelegenheit zu reden. »Wollen Sie noch mehr von Pfitzens Geschichte? Ich kann es Ihnen bringen.«

»Ja«, sagte sie nebenhin. »Ja, bringen Sie mir mehr.«

»Sie haben gesagt, Sie mögen den Stil des Autors.«

»Er hat einige interessante Züge.«

Schenck stand auf und trat nah zu ihr. »Ist es die Sorte von Autor… die Sie lieben könnten?«

Sie wich zurück. »Was ist das für eine Frage?«

Schenck ging zum Fenster. Es schien angeraten, das Thema zu wechseln. Er öffnete seine Aktentasche und zog Spontinis Buch heraus. »Haben Sie das schon mal gelesen?« Sie nahm es, und die Art, wie sie es musterte, bevor sie es wieder hinlegte, erinnerte Schenck an den Blick, den er einmal auf dem Gesicht eines Kindes gesehen hatte, das auf eine Hundeleiche gestoßen war.

»Ich habe Ihnen schon gesagt, daß mir der Verfasser unbekannt ist.«

»Sind Sie sicher, daß Sie nichts von ihm wissen?«

»Bezichtigen Sie mich jetzt der Lüge?«

»Verzeihen Sie mir. Und bitte verzeihen Sie mir auch, daß ich gesagt habe, ich finde Ihr Verhalten heute abend sonderbar kühl und feindselig, als hätte ich Ihnen irgendwie Unrecht getan.«

»Sie werden einsehen, daß eine junge Frau, die die Wohnung eines jungen Mannes besucht, sich in eine Lage bringt, die, wenn sie sich nicht vorsieht, kompromittierend erscheinen könnte.«

Schenck trat noch näher. »Ja«, sagte er, »ich sehe das vollkommen ein. Aber ich möchte wissen, warum Sie es vorgezogen haben, hierherzukommen, wenn Sie mir das Manuskript genausogut in meinem Büro hätten zurückgeben können?« Nun stand er neben ihr, nahe genug, um ihren Arm zu berühren oder sie zu küssen. Sie senkte den Kopf. Er spürte, daß sie darauf wartete, daß er den ersten Schritt tat.

Alles an diesem Augenblick würde dem Kartographen klar umrissen im Gedächtnis bleiben. Die Falten und Linien ihres dunklen Mantels und die roten Flecken auf ihrer Wange, die der Karte eines gewaltigen und geheimnisvollen Reiches glichen. Die geduldige, nachdenkliche Weise, in der sie mit gesenktem Kopf dastand, als würde sie ihren Blick dem schäbigen Zimmer und ihr Gesicht dem Mann neben ihr zu entziehen versuchen. Als er sich Jahre später an diesen Augenblick erinnerte, sah er zwei Fremde. Er ergriff ihre Hand. Sie fühlte sich kalt an. Sie wurde steif, rührte sich aber nicht von der Stelle. Er strich mit dem Daumen über ihre Finger. Immer noch leistete sie keinen Widerstand. Er näherte sein Gesicht ihrer Wange, musterte den Kontinent, der so angenehm roch. Als er einen Kuß darauf drückte, schmeckte er den feinen Flaum ihrer Haut, und seine Phantasie wurde hinweggetragen in die grenzenlosen Steppen eines fremden Landes. Nun hielt er sie in den Armen; diese fest vermummte Gestalt, deren ausladende Kleidung an zarte Köstlichkeiten tief darunter denken ließ. Ihre Hüfte bog sich unter dem Druck seines darum geschlungenen Arms, wobei ihre Form sich unter seiner Berührung herausschälte, und ihr Hals bog sich gleichfalls, und dieses neue Gelände gab sich der Erforschung hin. Seine Hände wurden mutiger und fingen an, über das rauhe Terrain ihres Mantels zu streichen, auf die warme Ausdehnung ihres Busens zu.

Dann fand seine Hand etwas Hartes, das unter ihrem Mantel verborgen war. »Was ist das?« Sie versuchte sich ihm zu entziehen, aber er hatte bereits nachgefaßt und das Messer herausgeholt, das dort versteckt gewesen war. »Warum müssen Sie ein Messer mit sich herumtragen?«

Sie wich von ihm weg und zog den Mantel enger um sich. »Die Stadt ist ein gefährliches Pflaster«, sagte sie.

»Es ist sehr ungewöhnlich für eine Frau, eine solche Waffe zu tragen.«

»Es ist genauso ungewöhnlich für eine Frau, die Wohnung eines jungen Mannes aufzusuchen. Ich hielt es für ratsam, mich verteidigen zu können, sollte es notwendig werden.«

»Und meinen Sie, es wäre notwendig geworden?«

»Vielleicht schon. Geben Sie mir das Messer zurück.« Er gab es ihr. »Nun gute Nacht. Ich hoffe, daß Sie mir morgen mehr von dem Manuskript bringen können, aus dessen Herkunft Sie ein solches Geheimnis machen.«

»Darf ich Sie heimbegleiten? Es ist nicht sicher, wenn Sie allein gehen.«

»Ich glaube, es wäre noch unsicherer, wenn wir beide

noch länger zusammenblieben. Mein Messer wird mich vor Unheil schützen. Ich freue mich darauf, den nächsten Teil von Pfitz zu lesen. Vielleicht, wenn ich es morgen hierherbringe, werden wir beide gelernt haben, uns mit etwas mehr Anstand zu behandeln.«

Sie ließ es nicht einmal zu, daß er sie auf die Straße geleitete, sondern schlich allein die Treppe hinunter und entfernte sich geräuschlos. Schenck hatte das Gefühl, daß ihre beklemmende Begegnung ein schrecklicher Fehler gewesen war.

Aber da war ja noch Pfitz; die eine Klammer, die sie zusammenhielt. Der eine Grund, warum Estrella ihn brauchte. Er setzte sich an den Tisch, Erschöpfung beschlich ihn – sie war wie ein großes schweres Tier auf seinem Rücken –, und er starrte auf die leeren, feindseligen Seiten.

KAPITEL ZWÖLF

GRAF: Pfitz, wach auf!
PFITZ (schläfrig): Was? Wo sind wir?
GRAF: Ich weiß es nicht. Ich kenne diesen Ort nicht.
PFITZ: Ich habe noch nie im Leben so eine hohe Decke gesehen. Und überall Säulen und Statuen. Könnte allerdings etwas mehr Licht vertragen.
GRAF: Glaubst du, daß wir träumen, Pfitz?
PFITZ: Mit ziemlicher Sicherheit.
GRAF: Sehen wir uns mal um.

Sie befinden sich in einer großen Marmorhalle. Eine Treppenflucht schwingt sich vor ihnen nach oben. Sie steigen hinauf.

GRAF: Ich kann dort drüben Glasvitrinen erkennen. Weißt du, Pfitz, ich glaube, wir sind in Rreinnstadt! Wir sind im berühmten Museum.
PFITZ: Jammerschade, daß es nur ein Traum ist, Herr.
GRAF: Aber sag mir, wer das jetzt träumt, du oder ich?
PFITZ: Das bin ganz sicher ich, Herr. Ich weiß immer, wenn ich träume, weil mein einer Arm dann so merkwürdig steif wird. Es muß die Seite sein, auf der ich schlafe.
GRAF: Und doch bin ich sicher, wirklich hier zu sein. Ich kann doch nicht bloß in deiner Phantasie existieren.
PFITZ: Vielleicht sind wir in den Traum eines anderen geraten. Wer weiß? Doch solange wir glauben, daß wir hier sind, können wir doch das beste draus machen.
GRAF: Probieren wir es mit dieser Tür.

PFITZ: Na gut. Klinke ist ein bißchen starr. Ich glaube, da ist abgesperrt.
GRAF: Da ist ein Schild dran. Kannst du es entziffern?
PFITZ (langsam lesend). Salon der Unwiederbringlichen Erfahrung. Sollten wir lieber in Ruhe lassen, meine ich.
GRAF: Dann hier durch. Ich möchte die Ausstellungsstücke sehen.

Sie wandern an den Glasvitrinen vorbei; einige leer, andere mit Objekten vollgestopft. Sie kommen an eine weitere Tür. Das Schild darauf besagt »Zur Bibliothek«.

GRAF: Das ist, was wir brauchen, Pfitz. Und sie ist nicht zugesperrt. Folge mir.
PFITZ: Dieser Gang schaut sehr dunkel aus, Herr. Mir gefällt das nicht, wie er ins Nirgendwo hinabzuführen scheint.
GRAF: Mach dir keine Sorgen. Bleib nur dicht hinter mir.

Die beiden gehen zusammen den langen Flur entlang, der nur durch in weitem Abstand abwechselnd an den beiden Wänden angebrachte Kerzen erleuchtet ist.

PFITZ: Ich hoffe schwer, das ist Euer Traum, Herr. Mir würde der Gedanke überhaupt nicht behagen, daß ich mir solch einen schrecklichen Ort vorstellen könnte.
GRAF: Hör auf, dir selbst Angst einzujagen, Pfitz. Wir sind fast am Ende – ich kann vorn eine Tür erkennen.

Nach Öffnen der Tür stellen sie fest, daß sie in der Bibliothek angelangt sind. Vor ihnen, glänzend erleuchtet, fällt der Blick auf endlose, mit Büchern vollgestopfte Regale

– Regale, die sich so weit nach oben erstrecken, daß ihre Höhe unmöglich zu ermessen ist, und die sich nur mit Hilfe der daran angebrachten Seile und Leitern erklimmen lassen.

PFITZ: Wohin geht Ihr, Herr?
GRAF: Ich möchte meine Suche abschließen. Erst jetzt verstehe ich den wahren Grund für unseren Besuch hier – für unsere ganze Reise. Ich möchte Spontini finden.

Der Graf geht auf die Regale zu und verschwindet zwischen ihnen.

– Jetzt können wir herausfinden, wessen Traum das ist. Was meinen Sie?

– Wenn wir dem Grafen folgen, dann muß es seiner sein; wenn wir bei Pfitz bleiben, dann ist er derjenige, der das alles träumt.

Doch was, wenn es *Ihr* Traum ist?

– Ich könnte gar keinen solchen Traum haben.

Der Graf biegt um eine Ecke, und jemand packt ihn von hinten. Er spürt ein Messer an seiner Kehle.

GRAF: Ich muß doch bitten! Ihr könnt mich nicht umbringen. Es ist nur ein Traum – in seinem Traum kann doch niemand sterben!
ANGREIFER: Das könnt Ihr, wenn es Euer letzter ist.
GRAF: Seid Ihr Spontini?

Der Graf wird losgelassen, worauf er sich zu seinem Angreifer umdreht.

ANGREIFER: Ich bin nicht Spontini, suche aber wie Ihr nach ihm.

GRAF: Erklärt Euch.

ANGREIFER: Einst waren wir zu zehnt. Dann zu fünft, dann zu zweit. Und nun bin nur noch ich übrig. Wir haben alle Spontini gesucht. Wir haben seine Geschichten geschrieben, seine Phantasien; wir haben mythische Orte erfunden und sie mit Figuren bevölkert, die in seiner Vorstellung leben mochten. Wir haben alle nach ihm gesucht. Was er war – was auch immer er war –, war der gemeinsame Nenner unserer gemeinsamen Arbeit. Auf irgendeine Weise würde er aus dieser enormen Verschiedenartigkeit hervorkommen.

GRAF: Aber Ihr habt ihn nie gefunden?

ANGREIFER: Er hat es immer geschafft, uns zu entschlüpfen. Wir sind ihm etliche Male nahegekommen, aber schließlich ist er uns immer wieder entronnen. Wir konnten mit Gewißheit lediglich sagen, daß er schwer aufzuspüren war – sein Werk ist so breitgefächert, so ungeordnet, daß wir oft daran gezweifelt haben, ob er überhaupt existiert.

GRAF: Aber Ihr habt doch diese Werke selbst geschrieben, Ihr und Eure Kollegen.

ANGREIFER: Wir haben so geschrieben, wie es aus der Feder floß. Die Person, welche die Feder auf ein Blatt setzt, ist nichts weiter als ein Kanal für jene Ideen, deren Ursprung und Bedeutung er nie hoffen kann, auf die Spur zu kommen.

GRAF: Und was ist mit all den anderen passiert?

ANGREIFER: Da hat es Unstimmigkeiten, Zweifel und Auseinandersetzungen gegeben. Einige von ihnen mochten die Art nicht, wie sich die Dinge entwickelten

– die Aphorismen waren harte Arbeit. Ein Buch sollte auf etwas hinauslaufen; es sollte etwas in den Brennpunkt rücken. Aber statt dessen ergab sich ein Buch, das endlos auseinanderlief – ein Prozeß ohne Aussicht auf Lösung oder Hoffnung auf Vollendung. Wir haben keinen einzelnen Autor entdeckt, sondern eine ganze Ansammlung von Stimmen ohne gemeinsames Thema. Es schien, als würde Spontini sterben, ohne sein erstes Werk vollendet zu haben. Diese Differenzen zwischen uns sind jedoch nur der Anfang gewesen. Es hat auch persönliche Konflikte gegeben. Unser Vorsitzender hat Verdacht geschöpft, daß seine Frau sich in einen seiner Kollegen verliebt hat, auch wenn er nichts gesagt hat. Im weiteren Verlauf unserer Arbeit habe ich erkannt, daß die von uns allen empfundene Spannung sich in den Schriften ausdrückte, die wir Spontini zuschrieben. Es war eigentlich eher so, als würde der Geist von Spontini allmählich einen unheilvollen Einfluß auf uns ausüben. Unser Projekt lief schlecht. Der Vorsitzende rief uns alle zu einer Besprechung zusammen. ›Diese Geschichte könnte jedes beliebige unter verschiedenen Enden haben‹, sagte er. ›Und ihre Vielzahl wird noch dadurch angereichert, daß wir uns noch nicht ganz sicher sein können, wen die Geschichte betrifft, zu welcher Zeit und an welchem Ort und auf welche Weise die Lösung der Erzählung vorgestellt werden sollte. Doch ich bin mir bewußt – schmerzlich bewußt –, daß unser Vorankommen zeitweilig von der Eitelkeit einiger, vom Stolz anderer, von Ehrgeiz und Selbstsucht und sogar von Täuschung behindert worden ist. Wir sind alle Diener der Literatur. Ohne sie sind wir nichts. Vergessen wir nicht, daß kein Opfer zu groß ist, wenn es uns dazu befähigt, unsere gemeinsamen Ziele zu erreichen.‹

Jemand unterbrach: ›Welche gemeinsamen Ziele? Wir streben alle in verschiedene Richtungen; das Buch ist überall und nirgends. Ich schlage vor, wir teilen uns auf in Unterausschüsse. Wir können nicht alle an Spontini weiterarbeiten.‹

Der Vorsitzende wartete, bis der Lärm sich gelegt hatte. ›Ich bin auch der Meinung‹, erwiderte er, ›daß Spontini ein merkwürdiger Autor ist und daß sein Werk viele möglicherweise widersprüchliche Gesichtspunkte hat. Aber wir alle sind die Summe zahlreicher widersprüchlicher Teile. In diesem Sinne lebt Spontini in jedem von uns.‹

Nichtsdestoweniger folgte eine Auseinandersetzung. Schließlich teilte sich unsere Mannschaft. Einige von uns wollten weiter Material zu Spontini zusammentragen, während der Rest sich mit neuen Autoren beschäftigen wollte.

Einige Wochen später spazierte ich abends auf der Straße, als ich auf eine schreckliche Gestalt stieß. Es war der Vorsitzende, die Kleidung derangiert und mit Blut an den Händen. ›Was habt Ihr getan?‹ fragte ich ihn entsetzt, obwohl ich wußte, daß es das Blut seiner Frau sein mußte.

›Hier hört die Geschichte auf‹, sagte er.

GRAF: Wie schrecklich. Aber was ist mit Eurem Leser; ist wenigstens eine Übereinstimmung erzielt worden, für wen Eure Arbeit bestimmt war, damit sie wenigstens ein bißchen Zusammenhalt bekam?

ANGREIFER: Ja. Sie heißt Estrella. Und sie war die Ursache für alles, was stattgefunden hat.

– Nein, er lügt!

Beruhigen Sie sich bitte.

– Lassen Sie mich los. Sie sollen mich loslassen!

Ein unheimliches Grollen ist zu hören, und ein Donnern wie von abgefeuerten Kanonen. Dann ertönt der Ruf einer Frau.

KAPITEL DREIZEHN

Es war Frau Luppen, die an der Tür klopfte. Schenck hatte keine einzige Zeile geschrieben, bevor ihn der Schlaf überwältigte.

»Sind Sie wohlauf, Herr Schenck?« Er öffnete ihr die Tür. »Ich bin aufgewacht und habe das aus Ihrem Fenster auf die Straße scheinende Licht bemerkt. Ich dachte schon, Ihnen wäre was zugestoßen.«

Frau Luppen hatte eine sonderbare Schlußfolgerung gezogen, aber ihre Logik war einzigartig und auf ihre eigene Art hinreichend stimmig. Sie trug ihr Nachtgewand, hielt eine Lampe in der einen Hand, während sie Flussi im anderen Arm hatte. Schenck sagte, er sei ganz wohlauf, aber Frau Luppen schaute an ihm vorbei ins Zimmer, inspizierte das Bett und schnupperte in der Luft herum. Sie sah zum Tisch und trat herein. »Haben Sie was geschrieben?« Sogleich drehte Frau Luppen eine leere Seite nach der anderen um.

»Ich hatte vor, einen Bericht anzufangen. Ich bin über der Arbeit eingeschlafen.«

»So können Brände entstehen! Was wäre passiert, wenn Sie Ihre Lampe umgestoßen hätten?« Sie schloß die Fensterläden. »Und es ist so kalt hier drin. Wenn Sie nicht im Feuer umkommen, dann erfrieren Sie wahrscheinlich.«

Schenck wußte gar nicht, wie spät es war. Sein Mund fühlte sich verklebt und trocken an, und er sah nun, daß er sogar ein bißchen auf das oberste Blatt Papier gesabbert hatte. Frau Luppen sah müde, gereizt und äußerst häßlich aus. Ihr Haar war mit Papierstreifen zusammengebunden, die ihr das Aussehen eines riesigen Kinderspielzeugs verliehen, und ihr verquollenes Gesicht hatte tiefe Furchen. Nur Flussi konnte ihr Erscheinungsbild anscheinend die ganze Nacht beibehalten. Sie keuchte auf Frau Luppens Arm, ihr Schleifchen noch immer oben am Kopf.

Die Gereiztheit der Hauswirtin flaute ab. Nun war ein mitfühlender Ton in ihrer Stimme – ein wahrhaft besorgter. »Warum gehen Sie nicht ins Bett und schlafen sich aus? Was macht Ihnen denn solche Sorgen, daß Sie die ganze Nacht am Fenster sitzen?«

»Ich hab es doch gesagt – der Bericht.«

»Papperlapapp! Ein Bericht; daß ich nicht lache. Ich bin doch nicht von gestern, Herr Schenck. Ich weiß, was es heißt, wenn ein Mann sich unberechenbar verhält, wenn er weder essen noch schlafen kann.« Sie senkte die Stimme, als würde sie ihm ein großes Geheimnis anvertrauen, und starrte ihn mit ihren blutunterlaufenen Augen vielsagend an. »Das ist doch alles wegen einer Frau, oder nicht?«

Diese seltsame rundliche Gestalt mit einem dämlichen Hündchen auf dem Arm hatte auf einmal große Macht errungen, sie hatte die Kraft der Wahrheit im Rücken. Was nützte es, wenn Schenck noch leugnete? Nur die Einzelheiten blieben Frau Luppen unbekannt. Er spürte, wie sie mit ihren verschwollenen, schlaflosen Augen direkt in sein gequältes Herz spähte, und das war ein niederschmetterndes Gefühl – beinahe so, als würde er nackt und gedemütigt vor ihr stehen. Dennoch kämpfte er dagegen an.

»Der Bericht...«

Sie streckte die Hand aus und strich verspielt, neckisch

und triumphierend mit den Fingern über seine Wange. »Frauen sind ein Unheil, Herr Schenck.«

Es war das erste Mal, daß er sie je etwas Denkwürdiges hatte sagen hören.

Flussi kläffte wie zur Bekräftigung. »Jetzt komm«, sagte ihr Frauchen (ihre Mutter, wie Frau Luppen sich immer nannte); »Zeit zum Schlafewohl.« Wiederum blickte sie den Kartographen an; eine Parodie weiblicher Verlockung. »Schlafen Sie gut.« Dann verließ sie ihn und ging wieder hinunter.

Als Schenck sich ins Bett gelegt hatte, war sein Schlaf zu tief, um weitere Träume zuzulassen. Am nächsten Morgen stand er auf und ging zur Arbeit. Gruber war vor ihm eingetroffen; die beiden begrüßten einander knapp. Später, als Schenck mit seinen Karten beschäftigt war, kam Gruber und sprach ihn leise an.

»Was geht eigentlich vor? Diese Autoren und Biographinnen, mit denen Sie sich einlassen; worum geht es denn?«

»Das wüßte ich auch gern, Gruber.«

»Na schön, wenn da Geld drinsteckt, dann denken Sie an die Hilfe, die ich Ihnen gegeben habe. Und wenn es etwas Illegales ist, dann wäre es jammerschade für Sie, wenn mir einfallen würde, jemand anderem davon zu erzählen.«

Das klang wie eine Drohung. Grubers Worte weckten neuen Argwohn bei Schenck. Warum hatte er so etwas gesagt? Als Gruber wegging, spürte der Kartograph ein Aufwallen von Angst tief in seinem Bauch. Verstörende Erinnerungen an die Träume der vergangenen Nacht kehrten wieder. Er war verloren, ein Treibgut – ein winziger Punkt im gewaltigen Ozean, ohne Koordinaten, nach denen er sich hätte richten können.

Bald darauf kam Estrella, um mit ihm zu reden. Sie tauchte an der Bürotür auf, vergewisserte sich, daß niemand sie gesehen hatte oder stören konnte, dann kam sie her und stellte sich an Schencks Schreibtisch. Als er zur Begrüßung aufstand, versuchte er zu entscheiden, ob er Freude oder Furcht empfand. Ihre Miene war ernst und geschäftsmäßig.

»Mir ist es noch nicht gelungen, mehr von Pfitz für Sie zu erhalten«, sagte er.

»Wer ist Ihr Kopist? Wo ist er?«

»Sie wissen, das kann ich Ihnen nicht sagen. Wenn Sie doch noch etwas Geduld hätten.«

»Er ist ein Lügner, ein Mogler und ein Betrüger.« Sie pfefferte Schencks Manuskript auf den Schreibtisch. »Pfitz ist ein Mythos, eine Illusion. Was versuchen Sie beide mir anzutun?«

Schenck war verwirrt. Als er mit einer tröstenden Geste den Arm ausstreckte, rückte Estrella ärgerlich von ihm weg, bevor sie fortfuhr:

»Ich habe eine biographische Zusammenfassung zu Pfitz ausgearbeitet, auf dem beruhend, was Sie mir bisher gegeben haben, und sie weitergeleitet. Aber heute morgen ist die Mitteilung zurückgekommen, daß der Graf sich definitv allein in Rreinnstadt aufhält. Das wird ersichtlich aus der Aussage des Gastwirts, bei dem er logiert.«

»Aber Pfitz ist auf dem Plan eingezeichnet. Er schläft neben dem Grafen auf dem Boden.«

»Ich meine, Sie sollten Ihren Plan noch einmal überprüfen. Wenn es jemand mit dem Namen Pfitz gibt, dann ist nicht bekannt, daß er irgend etwas mit dem Grafen zu schaffen hat.«

Schenck ließ beschämt den Kopf hängen. Estrellas Stimme klang bittend. »Warum?« sagte sie, »Was führen Sie im Schilde?«

Der Kartograph fand den Mut zum Sprechen. »Der Kopist ist ein Bekannter von mir. Er hat die Geschichte von Pfitz zu Ihrer Unterhaltung erfunden. Um Ihre Anteilnahme zu wecken. Er liebt Sie.«

Estrella weinte schon, bevor der Kartograph seinen Satz beendet hatte. »Wer ist er? Sie müssen es mir sagen.«

»Das kann ich nicht. Noch nicht.«

»Sie dürfen ihn nicht mehr treffen. Glauben Sie mir, er könnte sehr gefährlich sein.«

»Das ist nicht möglich. Er wünscht Ihnen nichts Böses. Er möchte nur wissen, ob er in einem Winkel Ihres Herzens auf Gegenliebe stoßen kann.«

Wenn Schenck gehofft hatte, das für ihn so aufwühlende Schluchzen abzustellen, dann hatte er keine kluge Bemerkung gemacht. Glücklicherweise entschied Estrella, sie zu ignorieren.

»Es ist schon so viel Schaden angerichtet worden. Ich muß die restlichen Einzelheiten der Reise des Grafen abliefern. Wir müssen sicherstellen, daß die beiden, wenn sie nach Rreinnstadt kommen, vom Gastwirt nicht zusammen gesehen werden. Wenn ja, dann geht jede Stimmigkeit flöten, und wir sind verloren.«

Schenck freute sich, daß sie »wir« gesagt hatte.

»Wenn Sie mir Zeit lassen«, sagte er, »dann kann ich Ihnen mehr besorgen.«

»Sagen Sie Ihrem Bekannten, daß er, wenn ihm wirklich etwas an mir liegt, gewährleisten muß, daß Pfitz nicht mit dem Grafen gesehen wird, wenn er beim Gasthof in Rreinnstadt ankommt.«

»Wie soll er das schaffen? Pfitz und der Graf sind unzertrennlich.«

»Dann wird Pfitz sterben müssen. Er sollte von vornherein gar nicht existiert haben. Sie werden die Dinge nur wieder in ihre rechtmäßige Ordnung bringen.«

Schenck machte dies betrübt, aber er spürte, er hatte keine andere Wahl, als zu gehorchen.

»Ich werde schauen, was ich tun kann.«

»Wir haben nicht viel Zeit. Ich werde Sie heute abend wieder besuchen. Geben Sie mir alles, was Sie bis dahin kriegen können. Denn wenn wir noch länger warten, dann fürchte ich, daß alles herauskommt.«

Sie verschwand.

Zusätzlich zur Rolle des Autors, die er spielte, mußte Schenck sich nun auch noch die Maske des Meuchelmörders überstreifen. Es würde eine beschwerliche Aufgabe werden. Er dachte an all die vielen Arten, wie Pfitz seinem Tod begegnen könnte. Inzwischen mußte auch noch eine weitere Angelegenheit untersucht werden. Er begab sich wieder in die Literatursektion und ging nach oben zur Verfasserabteilung, die nun geöffnet hatte. Ein Angestellter döste hinter seinem Schreibtisch. »Ich bin auf der Suche nach Spontini«, sagte Schenck. »Was können Sie mir über ihn sagen?«

Der Angestellte spähte durch die schmalen, in Silber eingefaßten Ellipsen seiner Brillengläser. Dann fing er an, langsam und geduldig, als würde es nichts ausmachen, ob er für die Arbeit eine Stunde oder ein Jahr brauchte, die Listen durchzusehen. Schließlich zeigte er ein schwaches, erfolgverkündendes Lächeln und händigte das Schriftstück aus, das er gefunden hatte. Es war ein handgeschriebener Bericht, aus dem sofort hervorging, daß dies Grubers Quelle gewesen war. Was dieser ausgelassen hatte, war nicht weiter von Belang – triviale Einzelheiten und Verweise. Schenck stach jedoch sofort die Handschrift ins Auge. Es waren vertraute Züge, in denen Spontinis Abstieg in den Wahnsinn formuliert war – eine gleichmäßige, elegante Schrift mit leichter Neigung, die er aus einer Notiz wiedererkannte, die er vor einigen Tagen erhalten hatte. Sie stammte von der Hand Estrellas.

Ihr Leugnen war fadenscheinig – der Versuch, den Kartographen von der Wahrheit abzubringen. Sie wußte sicherlich alles über Spontini. Warum war sie so entschlossen, daß der Kartograph ihre Beteiligung nicht entdecken sollte? Wieder erinnerte er sich an seinen Traum und fragte sich, ob dieser vielleicht prophetisch war; als ob seinem schlafenden Verstand eine Wahrheit offenbart worden war, die der wachende bisher lieber übersehen hatte.

Schenck dankte dem Angestellten und ging (die Gedanken voller widerstreitender Theorien, verworrener Spekulationen). Auf dem Weg nach unten nahm er die Stufen unter seinen Füßen oder den grandiosen Schwung des steinernen Geländers nur äußerst verschwommen wahr. Er kehrte ins Kartographische Büro zurück und setzte sich erneut an seinen Schreibtisch. Seine Karten interessierten ihn jetzt nicht. Sein Gemüt war zu bekümmert, seine Gedanken waren zu aufgewühlt und verworren. In der Zwischenzeit mußte er sich wieder Pfitzens Geschichte widmen. Konnte er sich wirklich dazu durchringen, seine Schöpfung zu ermorden? Er überlegte verschiedene Arten, wie er Pfitzens Leben zu einem heroischen Ende bringen konnte, aber jede versetzte ihm einen Stich des Bedauerns. Es mußte einen anderen Weg geben, um sicherzustellen, daß er den scharfen Augen der Biographen und Historiker nicht auffiel. Schenck begann zu schreiben.

KAPITEL VIERZEHN

GRAF: Sprich mit mir, Pfitz, damit während des Reitens die Zeit vergeht. Warum erzählst du mir nichts von deinen Liebschaften?

PFITZ: Ach, Herr, das hat keinen Zweck. Ich könnte Euch von Lotte, Minne oder Constanza erzählen… aber wenn ich an all diese Geschichten denke, fühle ich mich nur müde und bekomme Kopfweh.

GRAF: So höre ich dich nicht gern, Pfitz. Ist dir nicht wohl?

PFITZ: Ja vielleicht, Herr. Wißt Ihr, schon beim Aufwachen heute früh hatte ich ein Gefühl, daß in Rreinnstadt etwas Unvorhergesehenes passieren könnte, das mein Ende sein wird.

GRAF: Wie kannst du so etwas sagen? Du wirst mich um viele Jahre überleben, da bin ich sicher.

PFITZ: Trotzdem, wenn ich auf all die Frauen zurückblicke, die ich gekannt habe, und all die feinen Sachen, von denen ich gekostet habe, und all die Orte, an denen ich war, dann fühle ich nichts als eine seltsame Leere, weil ich alles verloren habe.

GRAF: Diese Melancholie paßt gar nicht zu dir. Wir werden in Rreinnstadt einen Arzt aufsuchen.

PFITZ: Dann ist mir der Tod gewiß.

GRAF: Sag so etwas nicht! Erzähl mir eine Geschichte; das wird deinen Sinn von morbiden Gedanken ablenken. Du hast immer noch nicht deinen Bericht abgeschlossen, wie du auf die Welt gekommen bist. Dein Vater hat gesagt, er sei in Brunnewald gewesen, nicht wahr?

PFITZ: Und hat sehr tapfer dort gekämpft. Aber gegen Ende des Tages hat ihn eine Kugel ins Bein getroffen.

GRAF: Eine Kugel sozusagen mit seinem Namen drauf?

PFITZ: Oder auch eine, die den Namen eines anderen trug und schlecht gezielt war. Aber wollt Ihr wirklich noch mehr hören?

GRAF: Natürlich will ich das, Pfitz.

PFITZ: Also gut. Nachdem er angeschossen worden war, wurde er auf einen Karren gelegt und zum Truppenarzt gebracht, der gleich sagte, daß das Bein auf der Stelle abgenommen werden müßte. Als mein Vater das hörte, weinte und heulte er bei dem Gedanken, das Bein zu verlieren, das ihm so lieb war. Und er bat den Chirurgen, davon abzusehen. Aber der sagte, wenn er keine Amputation mache, dann würde mein Vater gewiß an Wundbrand sterben; darauf verwette er seine Reputation. Mein Vater erwiderte, sein Bein sei mehr wert als die Reputation von irgend jemandem, und er würde es darauf ankommen lassen. Der Chirurg war überrascht, solch eine Mannhaftigkeit von einem jungen Burschen zu hören – denn bedenkt, mein Vater war noch nicht viel mehr als ein Junge –, und entschied, ihn nicht unters Messer zu nehmen. Etliche Tage lang hat mein Vater unter einem höllischem Fieber gelitten, aber schließlich fing die Wunde zu heilen an.

GRAF: Wie sie es ja auch tun mußte, damit du eines Tages geboren werden konntest.

PFITZ: Wenn es vom Schicksal bestimmt war, daß mein Vater eine Kugel ins Bein bekommen sollte, dann war es genauso vom Schicksal bestimmt, daß er sich davon erholen würde. Und wenn es ein Zufall war, daß er angeschossen wurde, so war es Schicksal, daß er überlebte. So oder so, für mich läuft das auf das gleiche hinaus. Als es ihm dann besser ging, wartete er auf den Besuch des Truppenarztes, der seinen Ruf auf den Tod meines Vaters verwettet hatte, und fragte ihn, wie er sich das nun erkläre. Mein Vater dachte, der Mann wäre schockiert, wenn er sah, daß ihm eine Fehldiagnose unterlaufen war, der aber zuckte nur die Achseln und antwortete, die Medizin sei keine exakte Wissenschaft, und jeder könne mal einen Fehler machen. Es stellte sich heraus, daß er eigentlich ein ausgebildeter Tiermediziner war, und er sagte, wenn mein Vater ein Pferd gewesen wäre, hätte die Diagnose hingehauen. Er habe jedenfalls im Lauf der Zeit schon weit wunderlichere Fälle getroffen – habe Glieder amputiert, die wieder nachgewachsen wären, Säuglinge gesehen, die mit zwei Köpfen geboren wurden, und Gallensteine entfernt, die Zähne und Fell hatten. Und er sei auch auf Geisteskrankheiten gestoßen; wie bei dem Soldaten, der sich für einen Fisch hielt und in einer Regentonne ersoffen ist, oder die Frau, die mit dem Singen nicht mehr aufhören konnte. Der seltsamste Fall aber, dem er begegnet sei, wäre der Mann gewesen, der sich in einen Schatten verliebte.

GRAF: Sich in einen Schatten verliebte? Die Geschichte würde ich gern hören.

Und so erzählte Pfitz weiter. Es handelte sich um einen jungen Mann – einen Studenten, sehr arm, versteht sich –, »der hatte ein dunkles Dachkämmerchen, wo er des Nachts beim Licht einer Kerze studierte, und obwohl es einen Ofen zum Heizen gab, konnte er sich selten Brennstoff leisten.

Er nahm immer denselben Weg zur Universität und zurück, durch einige kopfsteingepflasterte Straßen; er ging am frühen Morgen fort und kehrte in der Abenddämmerung wieder. Eines Abends fiel ihm beim Aufblicken das gelbe Licht aus einem Fenster mit zugezogenen Vorhängen auf. Und er sah einen Schatten sich über den Vorhang bewegen: eine Frau – das dunkle, von der Lampe drinnen geworfene Abbild wurde größer und kleiner, während sie im Zimmer umherging.

Am nächsten Abend sah er ihn wieder, und bald wurde es ihm zur Gewohnheit, den Schatten auf dem Heimweg zu beobachten. Er fragte sich mit der Zeit, wer sie sein mochte, die dort oben verborgene Frau. Jung, schön und einsam stellte er sie sich vor. Tagsüber blieben die Vorhänge zu, und er sah nie jemanden das Gebäude betreten oder verlassen. Das steigerte nur seine Neugier. Bald genügte es ihm nicht mehr, einfach auf den Schatten zu blicken; er blieb stehen, um ihn zu beobachten, während er gebannt auf einen Hinweis zu dessen Bedeutung wartete. Es dauerte nicht lange, da verbrachte er nachts Stunden auf der Straße, sah zu der Silhouette empor, die zur einen Seite verschwand, nach einer Weile wieder zurückkam, wobei sich die Gestalt aufblähte, bis sie fast das ganze Fenster mit ihrem grauen Schimmer ausfüllte, wenn die Frau sich wieder auf die Lampe zu bewegte, dann wieder kleiner, dunkler und deutlicher wurde, wenn sie in die Nähe des Vorhangs kam. Der Jüngling wartete, in einem Eingang auf der anderen Straße verborgen, bis schließlich das Licht ausging und er in sein Dachkämmerchen zurückkehrte.

Während er eines Nachts auf seiner einsamen Wacht ausharrte, entschloß er sich endlich, etwas zu unternehmen. Es war spät, niemand war zu sehen, doch das Licht leuchtete noch hoch über ihm auf der anderen Seite der Gasse. Er ging hinüber, sah sich verstohlen um und begann dann an der Dachrinne des Hauses hochzuklettern, während ihm das Herz in der Brust hämmerte. Das Fenster befand sich rechts über ihm – er konnte den Arm fast zum Sims ausstrecken. Er schob sich noch ein Stück höher – nun war das Fenster in Reichweite. Er zog behutsam den Ärmel über die Hand, hob den Arm und stieß mit aller Kraft seine Faust durchs Glas. Der Lärm erfüllte die leere Straße. Er grapschte sich den Vorhang drinnen – da verlor er den Halt unter den Füßen. Er klammerte sich an den Stoff – der ihn allein vor einem Sturz bewahrte –, doch der löste sich, und er merkte, wie er herabfiel, den Vorhang noch in der Hand. Er stürzte auf die Straße, um ihn herum lauter Glassplitter, und landete unsanft auf dem Pflaster. Ohne einen Augenblick zu zögern, stand er auf, steckte den Vorhang unter seinen Mantel und rannte heim, ohne sich noch ein einziges Mal umzublicken.

Erst in der Dunkelheit seiner Kammer hatte er Zeit, den Schmerz in seinem Bein und das Blut an seiner Hand zu bemerken. Er zog das ihm teure Tuch hervor, breitete es aus und heftete es an die Wand. Es leuchtete immer noch gelb und warf ein sanftes Licht ins Zimmer. Und da war auch der Schatten darauf, der verzweifelt vor und zurück schritt. Wenn er sich näherte, um ihn zu beruhigen, verschwand der Schatten nach der Seite wie ein aufgeregter Vogel in seinem Käfig und kam erst langsam wieder zurück, wenn der Jüngling sich wegbewegte. Er versuchte, ihn zu berühren, das weiche Haar der dunklen Silhouette zu streicheln oder den Arm zu fassen, aber jedesmal wich der Schatten seinem Griff aus. Schließlich legte der Student sich aufs Bett, um den Preis, den er mit seiner Wahnsinnstat errungen hatte, aus der Entfernung zu betrachten, bis in den frühen Morgenstunden das gelbe Licht auf einmal ausging – der Vorhang wurde wieder dunkel – und er in einen erschöpften Schlaf fiel.

Nach dem Aufstehen verband er seine Wunden und ging weg, verschloß aber fest die Tür. Am Schauplatz seines Verbrechens war das Fenster nun dick mit Brettern vernagelt, aber ohne ein Lebenszeichen. In jener Nacht stellte er bei der Rückkehr in sein Zimmer wieder fest, daß der Vorhang sein sanftes Licht verströmte. Der Schatten schien nun etwas ruhiger, aber er ließ ihn immer noch nicht an sich heran.

So ging es wochenlang. Er brachte ihr Geschenke, sagte seiner Gefangenen während ihres nächtlichen Erscheinens liebevolle Dinge, aber er wußte, er würde nie ihr Herz gewinnen. Manchmal schüttelte die Schattengestalt zornig die Faust oder weinte still. Meistens sah sie nur verloren und teilnahmslos aus. Vielleicht würde schiere Hartnäckigkeit ihren Widerstand erlahmen lassen – das war seine einzige Hoffnung. Dann kam er eines Abends mit einigen für sie gepflückten Blumen zurück und sah zu seinem Entsetzen, daß auf dem Vorhang ein zweiter Schatten aufgetaucht war; der eines Mannes, der seine Gefährtin um die Hüfte gefaßt hatte. Vor seinen Augen küßten sie sich leidenschaftlich.

Der Jüngling war ganz benommen vor Wut. Er schrie, beschimpfte den Vorhang, bettelte seine Liebe an, verfluchte sie und denjenigen, der sie ihm gestohlen hatte. Schließlich riß er in blindem Zorn den leuchtenden Vorhang von der Wand – auf dem sich die Schatten immer noch umarmten –, zerriß den schimmernden Stoff und warf ihn in den Ofen. Er flammte auf und war verschwunden.

Der Student lief heulend in die Nacht hinaus, weinte der verlorenen Liebe nach. Er weinte auf der Straße und auf der Brücke über den Fluß. Er weinte im Wald, unter den Sternen, und als er auf den Boden blickte, der vom kalten blauen Mondlicht erhellt war, weinte er noch bitterlicher. Denn er sah, daß er keinen Schatten warf.

GRAF: Was soll ich damit anfangen?

PFITZ: Was immer Ihr wollt, Herr. Wie mein Vater immer zu sagen pflegte, die Welt steckt voller seltsamer Geschichten, und jede ist auf ihre Art wahr.

GRAF: Der scheint mir ein sonderbarer Charakter gewesen zu sein, dein Vater.

PFITZ: Wenn er jemand anderes gewesen wäre, dann könnte ich nicht sein Sohn sein.

GRAF: Wahrscheinlich nicht.

Am Ende des Tages erreichen Pfitz und der Graf Rreinnstadt.

GRAF: Da vorn ist das Nordtor. Bald werden wir unsere Häupter zu einem rechtschaffenen Schlaf niederlegen können.

PFITZ: Wenn wir eine Unterkunft finden, dann ja. Denkt daran, es ist das Schwanenfest, Herr. Es wird alles belegt sein.

GRAF: Einem Adligen fehlt nie ein Platz zum Schlafen, Pfitz.

PFITZ: Aber oft seinem Diener.

Es verging eine Stunde, während der sie an verschiedenen Gasthöfen abgewiesen wurden, die sie nicht beherbergen konnten. Jedesmal wurde Pfitz zum Nachfragen hineingeschickt, und jedesmal kam er ohne Erfolg wieder heraus. Beim Roten Fuchs jedoch hatte Pfitz Glück. Dort gab es ein Zimmer, das gebucht worden war, aber nun leer stand, weil der Gast nicht erschienen war.

PFITZ: In diesem Fall wird mein Herr es nehmen. Gibt es da auch ein Feldbett, auf dem sein Diener schlafen könnte?

WIRT: Das Zimmer ist klein und reicht nur für eine Person. Seine Durchlaucht darf keine Diener oder Gäste bei sich haben.

PFITZ: Nicht einmal seinen Kammerdiener? Wie soll er sich ankleiden?

WIRT: Es ist ein Einzelzimmer, und die Unterkunftsbehörde ist in solchen Dingen sehr streng. Ich möchte meine Lizenz nicht verlieren.

PFITZ: Gibt es ein anderes Zimmer, wo der Diener schlafen könnte?

WIRT: Überhaupt keines.

PFITZ: Oder einen Schuppen, ein Stückchen auf dem Spülküchenboden? Oder einen Schrank?

WIRT: Keine Aussicht. Der Graf kann ein Bett haben, aber sein Diener wird woanders für sich sorgen müssen.

Der Graf freute sich, daß Pfitz eine Unterkunft für ihn gefunden hatte, und zeigte sich zuversichtlich, daß sein Diener es schaffen würde, für sich selbst eine Bleibe zu finden.

GRAF: Es gibt noch Hunderte weiterer Gasthöfe in Rreinnstadt, Pfitz. Ansonsten sind da noch einige sehr angenehme Brücken, unter denen du schlafen kannst.

PFITZ: Vielen Dank für Eure Anteilnahme. Ich hoffe, Ihr genießt Euren Aufenthalt. Obgleich ich Euch warnen sollte, daß der Ort recht verkommen aussieht – sperrt auf jeden Fall Eure Tür gut zu.

Pfitz beschrieb in aller Ausführlichkeit einige der Geschichten, die er über reiche Leute gehört hatte, die auf Reisen im Schlaf ermordet worden waren, bis der Graf sich schließlich entschied, daß es wohl doch sicherer sei, wenn Pfitz die Nacht bei ihm im Zimmer verbrachte. Wenn Pfitz ungesehen hereinkam, könnte er auf dem Boden schlafen.

Nun also ist es Nacht, der Graf ist in seinem Bett, und Pfitz sitzt mit gekreuzten Beinen neben ihm und schneidet sich die Zehennägel.

GRAF: Ich möchte gern, daß du damit aufhörst.

PFITZ: Läßt du das Pferd morgen beschlagen, dann werden dich die Nägel das Doppelte kosten. Das hat mein Vater immer gesagt.

– Können Sie uns etwas mehr über diesen Gasthof sagen, in dem sie sich befinden?

Von der Größe her ist er nicht außergewöhnlich, in der Dienstleistung nicht zuverlässig und in der Gastlichkeit nicht annehmbar.

– Welcher unangenehme Vorfall mag Pfitz und den Grafen zu dieser Meinung bewogen haben?

Als ihm von einem mürrischen schwarzberockten Rüpel auf einem ungespülten Teller ein Rinderbraten aufgetischt wurde, der höchstens für einen ausgehungerten Hund gepaßt hätte; so daß der Graf ihn dem Mann gleich wieder ins Gesicht geschmissen hätte, wenn ihm nicht eingefallen wäre, ihn zu seinem Diener nach oben zu schmuggeln.

– Hat Pfitz den Braten gegessen?

Nicht nur den Braten, sondern auch noch das altbakkene Brot.

– Ist der Graf hungrig geblieben?

Ja, mit den Worten: Besser nobel hungern als wie die Schweine fressen.

GRAF: Achte darauf, daß du keine Schnipsel auf mein Bett schleuderst.

PFITZ: Ich bin gleich fertig, Herr. Die Großen sind immer die zähesten. Wißt Ihr, ich habe einmal von einem Mann gehört, der sie aufhob – seine abgeschnittenen Zehennägel, meine ich. Hat Modellschiffe daraus gemacht. Wenn du genügend von ihnen zusammenklebst, kommen erstaunliche Sachen heraus. Haltbare Sachen, die leicht zu bearbeiten sind. Aber nicht bloß das – er ist auch immer herumgegangen und hat jedes Fitzelchen Haar und Flaum, das er finden konnte, eingesammelt, dann hat er sie gesponnen und Kleider daraus gemacht. Und jedesmal, wenn er sich die Ohren geputzt hat…

GRAF: Das reicht, Pfitz. Warum machst du nicht das Licht aus und legst dich hin?

– Was hat Pfitz getan, als er diese Bitte hörte?

Er sammelte die letzten käsigen, halbmondförmigen Zehennägelschnipsel mit Daumen und Zeigefinger seiner rechten (dominanten) Hand ein, ging an das Südfenster und machte es auf. Dann verstreute er sie in die kalte Nachtluft. Danach löschte er die Lampe und legte sich im Dunklen auf den harten Boden im Zimmer, direkt neben und parallel zum Bett seines Herrn, nur eine Armeslänge Platz blieb zwischen den beiden.

– Was ist dann geschehen?

Sie lagen eine Weile stumm da, bis der Graf sich schließlich bemüßigt fühlte, zu sprechen.

GRAF: Pfitz, falls mir je etwas zustoßen sollte…

PFITZ: Was denn?

GRAF: Ich weiß nicht. Irgend etwas. Wenn ich sterben sollte, was würdest du tun?

PFITZ: Ich würde mir einen anderen Gebieter suchen, Herr.

GRAF: Das sagst du so gelassen! Wie kannst du so herzlos sein?

PFITZ: Der Mensch muß doch leben, Herr. Ihr könnt jedoch versichert sein, daß ich nie einen weiseren, sanfteren Gebieter als Euch finden könnte.

GRAF: Dankeschön, Pfitz. Hast du viele Herren vor mir gehabt?

PFITZ: Etliche, aber alle nicht der Rede wert. Außer dem Baron, der eine sehr hübsche Frau hatte.

GRAF: Warst du in sie verliebt?

PFITZ: Das will ich meinen! Wißt Ihr, ich habe oft festgestellt, daß die Liebe im umgekehrten Verhältnis zur Erreichbarkeit des Objekts wächst.

GRAF: Das ist sehr tiefsinnig.

PFITZ: Darauf hat mich mein Vater aufmerksam gemacht.

GRAF: Hat er deine Mutter geliebt?

PFITZ: Bloß bis er sie geheiratet hat. Dann hat er den Rest seines Lebens damit verbracht, sich nach einem Mädchen zu verzehren, das er in der Nacht vor Brunnewald in einem Bauernhaus kennengelernt hat.

GRAF: Ich glaube, diese Geschichte hast du mir schon erzählt. Gute Nacht, Pfitz.

PFITZ: Gute Nacht, Herr.

KAPITEL FÜNFZEHN

Schenck wurde durch ein Klopfen an der Tür seines Büros unterbrochen. Er hatte eigentlich Estrella erwartet, aber nachdem Schenck »Herein« gerufen hatte, trat ein ihm unbekannter Mann ein, der den Kartographen zusammenfahren ließ. Er hätte mit seinen Karten beschäftigt sein sollen, anstatt zu schreiben, und so fühlte er sich wie ein ungezogenes Kind, dessen Saumseligkeit entdeckt worden war.

Der Besucher trug einen langen schwarzen Mantel. Er war nicht ungewöhnlich groß, aber von kräftiger Statur; seine breiten Hände konnten einem Steinmetz oder Ringer gehören – das leicht abgeplattete Aussehen seiner Gesichtszüge unterstützte eher die letztere Annahme. Doch sein Gesicht machte einen intelligenten Eindruck, und sein dichtes wirres Haar verlieh ihm das Gehabe eines Philosophen.

»Ich habe Sie beobachtet«, sagte er. Schenck schreckten diese Worte auf. War dieser Mann von der Aufsichtsbehörde gekommen, um den Kartographen wegen Vernachlässigung seiner Arbeit zu tadeln? »Ich muß Sie warnen; Sie schweben in großer Gefahr.« Er nahm auf dem angebotenen Stuhl Platz und fuhr dann fort.

»Sie haben Interesse an den Aphorismen von Vincenzo Spontini bekundet. Ich war der Leiter der Gruppe, die das Buch verfaßt hat. Mein Name ist Konrad Weissblatt.«

Er gestattete Schenck nicht, seine Freude darüber auszudrücken, ihn kennenzulernen, sondern sprach gleich weiter.

»Es ist zwei Jahre her. Eine sehr unglückliche Zeit. Nicht von Anfang an, verstehen Sie; uns hat Spontini viel Freude gemacht. Er war dabei, ein toller Autor zu werden. Aber alles ging schief. Und nur wegen einer Frau namens Estrella.«

Schenck zitterte, als er das hörte.

»Sie hat Spontinis Biographie zusammengestellt. Wir haben ihr geschickt, was er schrieb, sie hat uns Einzelheiten über ihn zukommen lassen; es war der übliche ständige Informationsaustausch. Unsere Arbeit erschuf sein Leben und wurde gleichzeitig von dem erschaffen, was wir von seinem Leben wußten. Dieser Prozeß läuft immer glatt, solange keiner der Beteiligten seine oder ihre Persönlichkeit damit verquickt. Aber genau das ist passiert. Niemand von uns hatte die Biographen getroffen; wir lieferten ihnen bloß unsere Arbeit zum Untersuchen und damit Estrella ihre Angaben zusammenstellen konnte. Sie hat Spontini mit großem Behagen gelesen. Mit zuviel Behagen. Denn sie hat sich in ihn verliebt.«

Wellen der Eifersucht wallten in Schencks Kehle hoch, als er diese Worte von Weissblatt hörte. Dieser fuhr fort.

»Ihre Liebe wurde zu einer Besessenheit. Und sie übertrug sie auf die unbekannten Verfasser, die Spontini erschaffen hatten. Sie hat den Fehler gemacht, uns mit unserem fiktiven Abkömmling zu identifizieren. Eines Tages, als ich in meinem Büro bei der Arbeit war, tauchte sie an meiner Tür auf und stellte sich vor. Dann, obwohl sie mich gar nicht kannte, erklärte sie ihre Liebe. Spontini hätte Gedanken und Gefühlen, die unausgesprochen in ihr geschlummert hatten, eine Stimme verliehen; er wäre ein empfindsamer Mann, der die tiefsten Regungen eines Frauenherzens verstand; er wäre ein Genie voller Leidenschaft, der ihr Leben verändert hatte. Als sie mich ansprach, hat sie aus ihrer Sicht trotz all meiner Einwände direkt mit Spontini geredet.

Dann hat sie mich umarmt und mich gebeten, sie als die meine anzunehmen. Ich habe sie so sanft ich konnte weggeschoben. Ich wollte ihr den Irrsinn ihrer Worte zu verstehen geben, aber sie dabei nicht verletzen. Ich dankte ihr für ihre glühenden Worte, sagte aber, daß ich (wobei ich ebenso Spontini meinte) bereits verheiratet sei und ihre Liebe nicht erwidern könne. Sie wurde ganz rot im Gesicht und rauschte hinaus.

Ich habe gedacht, die Angelegenheit wäre damit erledigt. Aber am nächsten Tag, als von der Biographie ein Packen Dokumente für mich eintraf, fand ich unter ihnen einen Brief von ihr. Dort hieß es: *Wenn Spontinis Frau das einzige Hindernis ist, dann muß sie sterben.* Daraus können Sie ersehen, wie weit sie schon aus den Fugen war. Ich hatte das Gefühl, der einzig sichere Weg wäre der, sie zu ignorieren, um nicht das Risiko einzugehen, ihren Irrsinn zu fördern. Doch bald darauf erhielt ich die Nachricht, daß Spontini seine Frau umgebracht hatte. Es schien, als würde die geistesgestörte Estrella ihr Vorhaben, ihn für sich zu gewinnen, in die Tat umsetzen – oder sollte ich sagen, mich zu gewinnen? Fakten und Phantasie waren in ihrem Verstand verwirrt und vermischt.«

»Haben Sie ihre Vorgesetzten von ihrem Verhalten unterrichtet?«

»Ich hatte nicht die Absicht, das Unglück dieses erbärmlichen Geschöpfs zu vergrößern. Ich habe auch meinen Kollegen und selbst meiner Frau gegenüber nichts erwähnt. Das bedaure ich nun zutiefst.

Ich erhielt weitere Botschaften, in denen sie mich anbettelte, sie zu lieben, was ich aber nicht weiter beachtete. Wir arbeiteten weiter an Spontini, obwohl uns nun alle die Neuigkeit, daß der für Spontini vorgezeichnete Lebenslauf in Mord und Wahnsinn enden würde, mit Sorge erfüllte. Keiner der anderen Autoren hat verstehen können, wie das zustande gekommen war, und ich habe nicht gewagt, ihnen mitzuteilen, daß es nur wegen einer Frau war, die ich verschmäht hatte. Nun wurde Spontinis Werk dunkler, von Angst, Eifersucht und Wahnsinn gefärbt. Doch das schreckliche Komplott, in das ich verwickelt worden war, ist noch nicht vorbei gewesen.

Ich erinnere mich nur zu genau an den Tag. Ich habe zu Hause gearbeitet, mußte aber auf den Beitrag eines anderen Schreibers zu den *Aphorismen* zurückgreifen. Ich hatte keine Kopie des Schriftstücks, und so beschloß ich, zur Bibliothek der Literatursektion zu gehen, um es nachzuschlagen. Meine Frau bot an, mich zu begleiten, um etwas Luft zu schnappen. Als wir auf die Bibliothek zugingen, merkte ich, daß wir verfolgt wurden.«

»Estrella?«

»Selbstverständlich. Ich wollte nicht, daß meine Frau auf sie stieß. Wir gingen hinein, und ich wußte, daß sie mich an einem bestimmten Punkt stellen würde. Und so habe ich meiner Frau gesagt, sie solle vorausgehen und das unfertige Werk Spontinis ausfindig machen, wobei ich ihr sagte, wo sie es finden würde. Ich hätte andere Geschäfte zu erledigen, sagte ich.

Ich wartete auf dem Gang und erwartete, daß meine Feindin jeden Augenblick auftauchte. Aber es verging eine geraume Zeit, ohne daß ich eine Spur von ihr sah. Meine Frau brauchte auch ziemlich lange, um das Buch zu finden, nach dem ich sie geschickt hatte. Da fiel mir ein, daß Estrella zu einer anderen Tür hereingegangen sein und sie zur Rede gestellt haben könnte. Entsetzt rannte ich in die Bibliothek und rief nach meiner Frau. Ich beeilte mich, um zu der Stelle zu gelangen, wo Spontinis Buch eingeordnet sein mußte.

Meine Frau lag zusammengesackt auf dem Boden, erdolcht. Ich schrie um Hilfe, als könnten meine Schreie die Frau wieder zum Leben erwecken, die ich mehr als das Leben selbst liebte. Ich schrie in der Hoffnung, daß Estrella zurückkehren und mich auch ermorden würde. Aber sie war geflohen.«

»Wurde sie festgenommen?«

»Lassen Sie mich die heimtückische Auflösung ihres Komplotts erklären. Ich wurde an der Seite meiner Frau aufgefunden, wie ich ihre Hand hielt und unzusammenhängendes Zeug brabbelte, weil ich so fassungslos war. Ich berichtete ihnen von Estrella; sie stellten sie zur Rede, aber sie leugnete standhaft, mich zu kennen. Keiner meiner Freunde oder Kollegen wußte von einer Verbindung zwischen uns beiden; aber sie wußten, daß mein Verhalten in letzter Zeit launenhaft gewesen war, als wäre ich von etwas beunruhigt. Und sie wußten, daß Spontinis Werk verstört und gewalttätig geworden war, obwohl die anderen Verfasser versucht hatten, seinen Gleichmut beizubehalten, so daß die Biographiesektion es für notwendig befunden hatte, ihn verrückt werden zu lassen. Und Spontinis eigenes Werk hatte ihnen die Idee eingeflößt, daß er seine Frau aus Eifersucht töten würde. Es war, wie Sie sehen, ein perfekter Plan. Sie konnten gar nicht anders, als mich des Mordes an meiner Frau für schuldig zu befinden.

Als ich Unzurechnungsfähigkeit für mich geltend

machte, wurde das anerkannt. Ich wurde in eine Anstalt geschickt, wo meine Pfleger bald merkten, daß ich geistig völlig gesund war. Nach zwei Jahren hatte sich der Skandal so weit gelegt, und es wurde für unbedenklich gehalten, mir wieder die Freiheit zu geben. Nun konnte ich anfangen, einige der schlimmen Taten, die verübt worden waren, ins rechte Licht zu stellen. Ich kann meine Frau nicht wiederbekommen, aber ich kann wenigstens versuchen, Estrellas Schuld zu beweisen, meinen Namen reinzuwaschen und auch Spontinis Namen von allen Makeln zu befreien.«

»Wie meinen Sie das?«

»Der Mord an seiner Frau war von Estrella ausgeheckt worden. Sie hat Spontini als mein Ebenbild dargestellt. Und jetzt glaube ich, daß Estrella womöglich Sie benützen will, um ihre Verbrechen zu vertuschen. Wissen Sie, in ihrer Biographie von Spontini wird der Mord in einem Gasthof in Rreinnstadt begangen, im Roten Fuchs...«

»Das ist da, wo Graf Zelneck sich aufhält!«

»Genau, und Estrella hat den Mord im Zimmer des Grafen geschehen lassen. Er ist der einzige Zeuge. Wenn sie nun sein Leben aufschreibt, braucht sie nur sicherzustellen, daß der Graf tatsächlich sieht, wie das Verbrechen begangen wird, und dann werden ihre Lügen unter die anerkannten historischen Fakten aufgenommen.«

»Aber Spontinis Name ist vom Plan wegradiert, der das Zimmer zeigt. Warum ist Pfitz dort?«

»Ich weiß nichts von einer solchen Person.«

»Ich habe versucht, für Estrella Informationen über ihn zu finden, mußte aber darauf verfallen, ihn selbst zu erfinden. Ich schreibe gerade mehr für sie.«

»Vielleicht gehört das alles zu ihrem Plan. Aber es könnte uns auch etwas in die Hand geben, um ihr einen Strich durch die Rechnung zu machen...«

»Sie möchte, daß ich Pfitz umbringe.«

»Ich begreife nicht, wie sie ihr Vorhaben ausführen will, aber Sie müssen sicherstellen, daß die Anwesenheit von Pfitz – wer immer er auch ist – den Mord an Spontinis Frau verhindert. Sie kommt während der Nacht ins Zimmer des Grafen.«

»Warum?«

»Weil sie Angst vor ihrem Mann hat – grundlose Befürchtungen, die von der Biographie aufgewirbelt wurden. Nichtsdestoweniger nimmt sie Zuflucht zum Zimmer des Grafen.«

»Während Pfitz ebenfalls dort ist?«

»Sie müssen sie alle irgendwie einpassen. Spontini kommt her und fordert den Grafen zum Kampf heraus; der Rest bleibt Ihnen überlassen.«

Schenck war von dem Gehörten fassungslos und verwirrt. Estrella benützte ihn als Werkzeug in einem verwerflichen Racheplan, der bereits zum Tod einer Frau und zur zweijährigen Einkerkerung eines Mannes geführt hatte. Andere Vorfälle fielen ihm wieder ein – der Angriff auf der Straße, Grubers »Unfall«, das verborgene Messer. Er spürte einen Schauder der Angst, ein trauriges Verlangen, eine Sehnsucht nach der Unschuld, an die er geglaubt hatte. Ein Teil von ihm liebte Estrella, egal wie weh sie ihm tun würde. Und doch mußte er stark sein. Er sprach: »Ich werde Ihnen auf jede erdenkliche Weise helfen. Estrella wird mich heute abend besuchen; was soll ich Ihrer Meinung nach tun?«

»Hören Sie gut zu. Zuerst müssen Sie durch Ihr Schreiben sicherstellen, daß der Graf nie Zeuge eines Mordes wird. Das wird zumindest verhindern, daß Estrellas Unwahrheiten sich weiter ausbreiten. Versuchen Sie, ihre Pläne herauszufinden, aber erwähnen Sie mich nicht, und lassen Sie sie keinen Verdacht schöpfen, daß Sie etwas wissen. Sollte sie angreifen, müssen Sie darauf vorbereitet sein, sich zu verteidigen. Sie ist eine starke Frau, und Sie selbst werden um Ihr Leben kämpfen müssen. Ich muß Sie nun verlassen. Seien Sie tapfer. Viel Glück.«

Weissblatts Worte hatten Schenck aller Empfindungen beraubt. Wenn er Estrella zu denunzieren versuchte, würde sie dafür sorgen, daß er so wie der arme Schreiber eingekerkert wurde?

Die *Aphorismen* ergaben nun einen Sinn für ihn. Eine Gruppe von Schreibern versucht, einen zusammenhängenden Roman zu verfassen, doch ihr Leiter ist von quälender Reue erfüllt. Spontinis Wahnsinn, eine schreckliche Unausweichlichkeit infolge der Handlungen einer geistesgestörten Frau. Er würde später mit der Geschichte von Pfitz weitermachen, jetzt aber schlug er wieder die *Aphorismen* an einer Stelle weiter hinten als die vorhin verlassene auf, ganz im Sog der Geschichte, und begann zu lesen.

KAPITEL SECHZEHN

Der Fluß schäumt und sprudelt wegen der Regengüsse, die seit Tagen ununterbrochen auf die Stadt und die Berge weit stromaufwärts herniedergeprasselt sind. Der Regen fällt immer noch, viel spärlicher jetzt – ein bloßes Tröpfeln, das jedoch noch genügt, jeden, der sich zu lange draußen aufhält, durchzuweichen. In diesen letzten Tagen ist der Fluß zu einer braunen Flut angeschwollen – an den seichtesten Stellen bloß gelb, wie die Farbe von Pergament oder alter Haut. Während ich zuschaue, wie sie unten vorbeirauscht, sehe ich die statischen Kämme und Falten, die sich bilden, wenn sie unter den Bögen durchfließt, so wie fein gelocktes und geknüpftes Haar; ein beständiges Muster aus fließendem Wasser.

Ich bin nicht der Urheber meiner Worte. Ich, Vincenzo Spontini, bestehe aus einer Kolonie von Schreibern; einer Stadt der Ideen. Mein Werk (das für immer ungeschrieben bleiben wird) ist ein Amalgam aus den verschiedenen Geschmäckern, Stilen und Neigungen derjenigen, deren Ideen in den Raum zu fließen versuchen, der meine literarische Identität ausfüllen soll. Der Spontini, der ein Glas Wein trinkt, der durch eine mit raschelnden Pappeln bestandene Allee geht, der die Schönheit eines Sonnenuntergangs genießt, sie alle sind verschiedene Männer, jeder abgegrenzt, jeder nur für einen Augenblick existierend oder koexistierend innerhalb eines einzigen, labilen Bezugsrahmens.

Ich habe beobachtet, daß die Welt sich durch eine Vielzahl an Formen manifestiert. Und diese Vielzahl ließe sich durch die Aussage genauer umreißen, daß jede Person tatsächlich aus einer endlosen Zahl von Individuen besteht, daß jeder Punkt im Raum aus einer endlosen Zahl von Punkten besteht, daß jede Geschichte aus einer endlosen Zahl von Geschichten besteht.

Es wird die Ansicht vertreten, daß Wörter der Welt in der Weise entsprechen, wie ein Handschuh über die Finger paßt. Für jeden Gegenstand gibt es den Namen, der ihn benennt; für jedes Ding gibt es Wörter, die es umgeben und definieren, die es beschreiben und erläutern. Angemessene Wörter und unangemessene. Das ist jedoch nicht meine eigene Ansicht. Wörter bilden ihre eigene Welt; ihr Bezug zu jener anderen Welt der Sinne und unserer eigenen Erfahrung ist bestenfalls schwach und unklar; die Verknüpfung zwischen Wort und Objekt ist so zart wie Spinnwebseide, und wie Perlen aus Morgentau tragen diese Fäden die Last der Assoziation, der nicht vermittelten Konvention, der Zweideutigkeit. Wörter koagulieren nicht um Gegenstände, so daß sie diese umschließen und enthalten, sondern legen eine Perspektive nahe, die unendlich und trügerisch ist.

Diese Analogie zum Spinnennetz hat ihre Grenzen (wie alle analogischen Überlegungen), aber auch ihre Reize. Wir könnten Sprache als eine Falle sehen, die wir in der Hoffnung spinnen, etwas zu fangen, was uns sonst für immer entgleiten würde. Und wir müssen stets wachsam bleiben, um uns nicht in unserer eigenen Schöpfung zu verfangen.

Eine solche Idee läßt glauben, daß es da draußen etwas gibt, das eingefangen werden kann. Können wir sicher sein, daß es sich nicht so verhält, daß alle Dinge in Abwesenheit von Sprache bedeutungslos werden, so wie Gegenstände farblos sind, wenn kein Licht auf sie fällt?

Alles ist Wasser. Nicht nur der Fluß; die Brücke, auf der ich stehe, ist eine andere Art von Wasser – und die Statuen, die sie säumen, sind ebenfalls eine weitere Form der gleichen Substanz, das gleiche ewige Prinzip. Die grauen Wolken, die tief über der Stadt treiben, sind eine offensichtliche Erscheinungsform; aber auch die Luft, die ich atme, und die Zeit, die verflossen ist, während diese Gedanken mich durchströmten, und diese Gedanken selbst; alles ist Wasser, treibt im Wasser und wird davon gehalten.

In jener anderen Zeit (von der zu schreiben sich einige von uns immer noch sehnen, jedoch mit einer Leidenschaft, die mittlerweile nur von Nostalgie angefacht ist), gab es ein Gefühl (eine Illusion), daß jene Wörter, die aus uns strömten, von einem einzigen Punkt kamen, einem Mittelpunkt – der nach außen hin wie durch eine Linse projiziert strahlte. Und jene Wörter könnten im Verstand der Lesenden wiederum zu einem Bild jenes ursprünglichen Punkts konvergieren. Wir waren damals, in jener Zeit, nichts weiter als ein optisches Instrument – in unseren Bemühungen vereint und zusammenarbeitend –, durch welches die Realität der Welt gebrochen und gebündelt werden konnte.

Diese Zusammenarbeit war – wie es nun scheint – kaum mehr als eine zeitlich begrenzte Illusion; etwas Annehmliches, zusammengehalten durch Eitelkeit, Gier und Ruhmsucht. Alles hohle Begriffe, doch wer kann leugnen, einem dieser flüchtigen Geister nicht schon einmal nachgejagt zu haben? So daß wir nun, anstatt die Welt zu bündeln, nichts weiter tun können als die Unterschiede, die Streitfälle und Unstimmigkeiten zu vergrößern, die es zwischen uns gibt.

Ich glaube, daß ich mich an etwas erinnere, aber dies könnte ein weiterer Streich sein, den sie mir spielen. Ich glaube, daß ich noch aus eigenem freiem Willen handle, aber ich kann nicht sicher sein, wessen Hand beim Schreiben die Feder oder beim Lesen meine Augen und meinen Verstand führt. Ich weiß lediglich, daß ich durch viele verschiedene Stimmen in Erscheinung trete, die untereinander wenig Bezug haben. Was ich bin, ist eine Sammlung – eine Anthologie – aus unvollständigen, unzusammenhängenden Einfällen. Ist irgendein Mensch mehr als das?

Der Verstand kann nicht als eine einzige Wesenheit begriffen werden. Er gleicht mehr einer Gemeinschaft; einer Anordnung miteinander kommunizierender Teile. Wo hat dann, mag einer fragen, das ›Selbst‹ seinen Sitz? Ist es schlicht eines dieser Teile, nicht unterschieden und nicht besser als jeder seiner Genossen?

Wie ich, werden die Statuen von der Feuchtigkeit aufgezehrt. Ihre Steingesichter werden von dunklen Rinnsalen durchfurcht und durchzogen, der unendliche, nicht wahrnehmbare Ablauf von Erosion und Zerfall. Eines Tages werden sie glattgeschliffen worden sein; ihre Gesichter, ihre Glieder wieder in nicht-menschliches Gestein zurückverwandelt. Dann wird die Brücke von zwei Reihen gesichtsloser Steinblöcke gesäumt sein. Wie die Statuen und die Stadt selbst, werde ich vom Regen abgenutzt, von ihm erodiert, bis nur noch ein Stein übrigbleibt, dessen Inschrift von Tag zu Tag weniger lesbar wird.

Während ich an diese Worte dachte, hatte ich die verschwommene Wahrnehmung anderer Gedanken (die Härte der Steinbank unter mir; die vorgestellte Bequemlichkeit meines Arbeitszimmers; andere Bilder, die sie mir zu schicken versuchen). Ist es möglich, einen Gedanken zu haben, ohne sich dessen bewußt zu sein? Ist es möglich, viele Selbste zu haben, von denen jedes das andere nicht zu erkennen vermag?

Ich stelle mir die folgende Situation vor: Eine Gruppe von Verfassern arbeitet zusammen, um die Werke eines bestimmten Autors zu erfinden. Da dieser Autor tatsächlich gar nicht existiert, kann es keinen echten Mittelpunkt geben, von dem ihr Werk ausströmt – statt dessen haben sie eine diffuse Sammlung von Einfällen, unter denen sie eine Art Zusammenhalt herstellen müssen. Was ist der gemeinsame Nenner all der von ihnen geschaffenen Bruchteile? Dieses Problem muß gelöst werden; da der gemeinsame Nenner (vorausgesetzt, daß er gefunden werden kann) der Charakter des Autors ist, den diese Verfasser zu erschaffen versuchen. Sie schreiben nicht eigentlich eine Geschichte, sondern eher den Autor einer Geschichte. Oder ist das einfach nur ein weiterer, von ihnen geschickter Einfall, um mich hinters Licht zu führen?

In den Falten und Windungen des Wassers unter mir stelle ich mir andere Inschriften vor; unberührbar, aber etwas haltbarer. Dies ist die Brücke, auf der so viele Menschen gestanden haben, doch der Fluß, den ich jetzt sehe, ist noch von niemandem vor mir wahrgenommen worden. Ich bin der erste, der dieses hier zusammengelaufene Wasser erblickt – diese angesammelten Regentropfen –, und ich werde auch der letzte sein. Könnte die Brücke selbst nicht eine Art Fluß sein? Ist die Brücke, auf der ich stehe, wirklich die selbe, über die andere an einem Sommerabend oder an einem klaren Frühlingsmorgen Arm in Arm schon geschlendert sind? Wie der Fluß befindet sich auch die Brücke in ständiger Verwandlung; in Verfall und Auflösung, in Ausbesserung und Erneuerung. Ich bin die erste Person, die auf dieser Brücke steht, und ich werde die letzte sein.

Einer von ihnen zeigt mir, was er geschrieben hat. Gemeinsam versuchen wir zu entscheiden, wie dieses Stück ins endgültige Werk eingepaßt werden soll – wir versuchen zu entscheiden, welchen Platz es belegen wird und was es uns sagen könnte. Er beobachtet mich in stummer Erwartung, während ich seine Worte lese.

Der Schreiber, der sich eine Geschichte ausdenkt, erfindet auch den Erzähler dieser Geschichte. Und derjenige, der eine Geschichte erzählt, erfindet seinen Zuhörer. Sie haben sich Spontini ausgedacht, und Spontini hat mich erfunden. Und nun muß ich versuchen, alle noch einmal neu zu erfinden.

Und genauso wie die Brücke in Wirklichkeit ein bestimmter Prozeß des Wechsels und Austausches ist, so müssen auch die Steinfiguren ihre Identität mit jedem vorüberziehenden Augenblick neu erschaffen. Eine allmähliche Auflösung, eine Verflüchtigung ihrer Gestalt, ihrer Glieder, ihrer Gesichter, bis nichts mehr übrigbleibt; und was ihnen zum Leben verholfen hat, ist gleichförmig über die gesamte Stadt verteilt worden. Ein Sandkorn wird von einem Regentropfen vom Augenlid des heiligen Antonius gelöst; es fällt auf die Steinplatten, wird in eine Pfütze gespült und bleibt dort, bis die Sonne wieder herauskommt und die Lache eintrocknet. Das Korn wird vom Wind über die Stadt und auf die Felder hinaus geblasen, wo es auf braune Erde fällt. Eines Tages wird es in eine Weizenähre geraten, es wird seinen Weg in einen Laib Brot finden, in den Magen von jemand, der dann einen Teil der Statue gegessen haben wird, die einen flüchtigsten Augenblick lang auf einer Brücke stand, die selbst nicht mehr als eine trügerische Vision, ein vorübergehender Gedanke war.

In meiner Zelle lese ich diese Worte, die sie mir verliehen haben. Ich versuche mir vorzustellen, wo ich sie im fertigen Text hintun werde. Ich versuche herauszufinden, wessen Geschichte es ist, in der ich mich gefunden habe; ob ich eine Hauptfigur oder aber kaum mehr als eine nebensächliche Episode im Leben eines anderen bin. Aber die Stimmen stören mich immer noch, sie lenken mich ab und machen mir das Denken unmöglich (oder könnte es der Fall sein, daß die Stimmen meine Gedanken sind?). Wenn ich sie nur bezwingen könnte, wenn ich nur den richtigen Weg finden könnte, es zu tun, und den richtigen Augenblick. Dann wird Schweigen herrschen, und sie werden mich nicht mehr stören.

Schenck verstand nun den Zersplitterungsprozeß, der Spontini zerstört hatte. Er stellte ihn sich vor: verstört, gefangen, im Zweifel über seine eigene Existenz. Und er dachte an dessen Schöpfer Weissblatt, von der vereinnahmenden Zuwendung Estrellas gepeinigt.

Das Buch schien als eines seiner Themen eine Vorstellung zu verwenden, die der Aufseher Schenck gegenüber während ihres letzten Gesprächs erwähnt hatte: daß eine Persönlichkeit, eine Identität – ein Verstand sogar – auf irgendwelche Weise sich aus Teilen erwirken läßt, deren Zusammenspiel beinahe zufällig ist. Und nicht nur Gedanken oder Gefühle, sondern Bedeutung an sich, die Struktur der Welt selbst könnte aus Dingen bestehen, deren offenbare Komplexität so etwas wie ein Wunder ist. Wenn Schenck eine zufriedenstellende Antwort auf all seine Fragen finden könnte, mußte diese Antwort nicht notwendigerweise von jemand dorthin getan worden sein, wie eine Botschaft in einem Umschlag, die darauf wartete, von ihm gelesen zu werden? War die von ihm gesuchte Lösung bereits dort oben geschrieben worden oder schufen seine Nachforschungen gewissermaßen erst das Objekt, nach dem er forschte? Zweifel, Mutmaßungen; das kann Unschuldige schuldig erscheinen lassen, es kann den harmlosesten und banalsten Vorfall in ein entscheidendes Beweisstück verwandeln.

Schenck versuchte an seinen Karten zu arbeiten. Eine Karte ist eine Klarstellung der Welt, eine Rationalisierung ihrer hoffnungslosen Konfusion, auf der alles in verschiedenfarbiger Tinte entwirrt, kodifiziert und klassifiziert ist. Eine Karte ist die Erfüllung des unmöglichen Traums, die Welt auf Papier zu bannen. Schenck besah sich die Generalkarte von Rreinnstadt, die wunderschöne Darstellung eines Konzepts, eines Ortes, der nirgendwo existierte. Vollkommenheit des Unmöglichen.

Er erinnerte sich daran, was einer seiner Ausbilder ihm beigebracht hatte, als er noch Lehrling in der Kartographiesektion war. Der Ausbilder zeigte ihm die Karte einer bestimmten Mittelmeerinsel und bat Schenck, die Länge der Küstenlinie herauszubekommen. Schenck benützte, wie er gelernt hatte, einen Faden, um den gewundenen Linien der Inselgrenze zu folgen, und nachdem er ihn gemessen hatte, berechnete er die tatsächliche Strecke. Der Ausbilder sagte Schenck, daß er der korrekten Antwort keineswegs nahegekommen war. Er zeigte ihm dann eine weitere Karte in größerem Maßstab, weitaus detaillierter als die vorige, und bat Schenck, es erneut zu versuchen. Die Aufgabe war nun viel schwieriger. Wo zuvor ein gerader Linienabschnitt gewesen war (beispielsweise entlang gewissen Buchten), zeigten sich nun gezackte Mündungen, Einbuchtungen und Unregelmäßigkeiten, für die er den Faden viel mehr verdrehen mußte, um genau der Grenze zu folgen, die er zu messen versuchte. Als er diesmal die Länge der Küstenlinie berechnete, war sein Ergebnis viel höher als vorher. Einmal angenommen, sagte der Ausbilder, Schenck würde auf die Insel gehen und die tatsächliche Länge exakt zu messen versuchen. Er müßte nicht nur jede Einmündung und Landspitze abgehen, sondern auch um jeden Felsen, Steinblock, ja sogar den kleinsten Kieselstein mäandern. Seine Vermessung ergäbe einen endlosen Prozeß der Abweichung, während seine stets zunehmende Genauigkeit ihn zu einer letzten Antwort führen würde, die gegen unendlich ging. Die Schlußfolgerung des Ausbilders? Daß die Welt ein trügerisches Netz aus Unvollkommenheiten und Anomalien sei; daß eine genaue Untersuchung von ihr sicherlich zu abweichenden Schlüssen, in Paradox und Chaos führen würde. Nur in Rreinnstadt, in der reinen Abstraktion dieser unwirklichen Stadt, könnte Vollkommenheit ersonnen werden.

Je mehr Schenck über Estrella erfuhr, desto stärker schien es ihm, als könne er dem Ziel, sie zu verstehen, nie näherkommen. In seinem Geist wuchs sie über alle Grenzen hinaus, ein in sich verschachteltes Geheimnis. Ihren Körper nun zu besitzen wäre die dürftigste Belohnung, eine bloße Banalität. Zu verstehen, zu erklären – danach strebte er. Er wollte, daß sie so wie einer seiner Pläne sei, ihre Seele vor ihm ausgebreitet und eingezeichnet, jedes ihrer Motive lokalisiert und definiert.

Seine Gedanken wurden abrupt unterbrochen. Gruber war gekommen, angeblich, um etwas wegen der Wasserläufe zu fragen. Das, zeigte sich bald, war kaum mehr als ein Vorwand. Schließlich kamen Grubers Absichten zum Vorschein.

»Wer war der Mann, der hier war, um mit Ihnen zu sprechen? Was hat er gewollt?«

Schenck versuchte, einen Grund für Weissblatts Besuch zu erfinden, eine Routinenachfrage, die Klärung eines verworrenen Problems. Grubers Reaktion zeigte, daß der kümmerliche Versuch nur seinen Verdacht erhärtete, aber er schien sich mit Schencks Erklärung zufriedengeben zu wollen.

»Und wie kommen Sie mit Spontini voran?«

Grubers Frage klang selbstzufrieden; als würde er sie

nur stellen, um sein bereits erworbenes Wissen vorzuführen. Schenck sah Gruber immer noch als Bedrohung an, als Rivalen – obwohl er sich nun zwingen mußte, Estrella nicht mehr nachzustellen. Er wollte sich von Grubers Bemerkungen nicht aus der Reserve locken lassen, aber doch blieb sein Kollege beim Thema.

»Sie haben gesagt, er wäre auf einem Ihrer Pläne«, fuhr Gruber fort. »Welcher Plan soll das denn gewesen sein?«

Der Versuch, dieser Befragung auszuweichen, würde Grubers Interesse nur noch stärker wecken.

»Er hat Rreinnstadt einmal besucht«, sagte ihm Schenck, »oder zumindest glaube ich, daß er das getan hat. Der Name ist ausradiert worden. Er hat schließlich daran geglaubt, daß er nicht existiert, daß er eine von jemand anderem geschriebene Figur ist.«

»Was freilich völlig richtig ist.«

»Ja. Also war er in Wirklichkeit weitaus mehr bei Verstand als die meisten Leute.«

Gruber schickte sich an, wieder zu gehen. »Vielleicht arbeiten Sie in der falschen Abteilung, Schenck.« Dann schritt er hinaus.

Am Ende des Tages ging Schenck in seine Wohnung zurück. Als Frau Luppen ihn fragte, ob er mit ihr zu Abend essen wollte, stimmte er zu, ohne überhaupt auf den Klang seiner Stimme zu hören. Gleich darauf saß er ihr gegenüber und hatte eine Schüssel Eintopf vor sich. Das übelriechende Fleisch war von einem Geschlinge aus Flechsen durchzogen, das in die zähen schwarzen Streifen der gekochten Batzen verwoben war. Schenck dachte an den fetten Arm der Frau, während er ihr zusah, wie sie sich über ihre Mahlzeit hermachte; er dachte an ihren Schenkel und den großen dreifachen Sack ihres Bauchs und ihrer Brüste. Nichts zu sein, glauben, selbst nichts zu sein. Wie würde sich das anfühlen? Konnte es sein, daß er selbst nichts weiter als eine Illusion im Denken eines anderen war; daß die Liebe, die er in seiner Vorstellung für Estrella empfunden hatte, ein schaler Witz war, der zur Belustigung anderer erzählt wurde? Er fühlte sich so erbärmlich und tot wie das verkochte Fleisch in seinem Mund.

»Haben Sie keinen Hunger? Es ist wieder das alte Übel, nicht wahr?« Frau Luppen war aufgestanden, um seine kaum angerührte Schüssel abzuräumen. Sie stand tief über den Tisch gebeugt – so nah am Rand, wie ihr Umfang es zuließ, und streckte sich, um Schencks Schüssel aufzuheben, wobei ihre Brüste wie zwei gewaltige geronnene Talgtropfen herabhingen. Sie brauchte viel zu lange, um die Schüssel zu nehmen. Sie ließ die Hände auf dem Tisch ruhen und blickte zu ihm auf, das Gesicht nicht weit von seinem entfernt. Sie schaute ihm in die Augen, forderte dazu heraus, daß er den Blick abwendete, um ihn auf ihren Leib zu richten. Schenck spürte ihren Atem an seiner Wange.

Wenn er nicht existierte, dann machte es nichts aus, was er tat. Wenn sein Leben nichts weiter war als ein unvollkommener Traum – im Vergleich mit dem Leben Rreinnstadts und seiner Bewohner makelbehaftet und unzureichend –, dann wurden seine Handlungen nicht vom freien Willen diktiert, sondern durch die Regung eines anderen Drangs außerhalb von ihm selbst; irgendeine natürliche Kraft, für die richtig und falsch keine Bedeutung hatte.

Aber dennoch rührte er sich nicht. Und Frau Luppen richtete sich auf und trug die Schüssel weg. Schenck sah ihrer entschwindenden Fülligkeit nach. Für ihn war sie nicht mehr häßlich; er sah mit kalter Faszination zu, als er zu einer Entscheidung zu kommen versuchte, einem logischen Schluß. In seinem Geist wickelte sich eine unendliche Küstenlinie ab; ein Faden, dem er zu folgen versuchte.

Frau Luppen war wieder zurück. Sie sagte nichts, sondern ging die Uhr aufziehen. Schenck erhob sich. Sie stand mit dem Rücken zu ihm, ihre feisten Finger mühten sich mit dem winzigen Schlüssel ab. Schenck schätzte die Konturen ihres Oberkörpers und die dicken Bahnen ihres Rocks ab. Er stieß die Hand tief in die Falten.

Frau Luppen reagierte, als sie mit dem Schlüssel in den Fingern herumwirbelte, nicht direkt mit einem Schlag, sondern vielmehr mit einem Rempler – von der Art, die Matrosen einander manchmal in Hafenkneipen verpassen –, der ihn zu Boden schmetterte. Der Schlüssel hatte ihm die Gesichtshaut aufgeritzt – nicht schlimm, aber gerade genug, um all seine philosophischen Spekulationen, all seine kalten Abstraktionen zu beenden. Ja, er existierte tatsächlich. Und was er soeben getan hatte, war nicht nur verwerflich, es konnte ihn sogar das Dach überm Kopf kosten. Er stand auf und trollte sich, zu beschämt, um sich noch zu entschuldigen. Er ging stracks nach oben.

In seinem Zimmer konnte er Flussis Gebell ganz unten hören, eine Art Lachen. Er fühlte sich wütend und gedemütigt. Und er fragte sich, was er hätte tun wollen, wenn Estrella und nicht Frau Luppen die Uhr aufgezogen hätte. Estrella würde ihn später besuchen. Er hatte den nächsten Teil von Pfitz für sie fertig, aber es war noch mehr zu tun. Er verspürte eine Woge der Verachtung, des

Ekels für seine sinnlose Aufgabe und für die Frau, für die er sie mit so hochgespannten Erwartungen begonnen hatte. Aber dann dachte er an Weissblatt und die ehrenwerte Aufgabe, zu der er sich verpflichtet hatte. Er setzte sich an den Tisch und begann wieder zu schreiben.

KAPITEL ACHTZEHN

Mitten in der Nacht wird Pfitz durch ein Geräusch draußen geweckt. Erst hält er es für das Maunzen einer Katze, doch als er lauscht, erkennt er, daß er die Laute einer in Tränen aufgelösten Frau hört.

Er erhebt sich still vom Boden, auf dem er geschlafen hat, achtet darauf, den Grafen nicht zu wecken, und schaut aus dem Fenster. Im Schatten unten kann er eine weibliche Gestalt ausmachen. Er öffnet das Fenster, um besser sehen zu können, und sie tritt vor ins Mondlicht.

PFITZ (flüsternd): Was fehlt Euch?
FRAU: Helft mir, Herr, denn ich weiß nicht aus noch ein.

– Wer ist diese Frau?

Eine, die zweifellos Pfitz und dem Grafen Unheil bringen wird.

– Warum sagen Sie das?

Weil, wie Pfitzens Vater immer sagte, »Frauen Unheil sind«.

– Das sind überaus dumme und unfreundliche Worte. Würden Sie sagen, daß ich Ihnen je Schwierigkeiten bereitet habe?

Eine ganze Menge. Sie haben mich dazu gebracht, Ihnen des Autors Geschichte von Pfitz zu erzählen, und Sie haben nichts anders gemacht, als ständig unterbrochen und kritisiert, so daß ich fürchte, wir kommen nie zum Schluß.

– Dann werde ich schweigen, während Pfitz diese arme Dame aus der Kälte zu sich läßt.

Er geht zur Haustür, achtet darauf, kein Geräusch zu machen, das den Gastwirt wecken könnte, und läßt die Frau ein. Dann bringt er sie aufs Zimmer des Grafen, wo Pfitz seinen Gebieter im Bett sitzend vorfindet.

GRAF: Was geht hier vor? Wer zum Teufel ist sie?

PFITZ: Still, Herr, sie braucht eine Zuflucht. Sie sagt, sie sei in Gefahr.

FRAU: Verzeiht, Herr, aber wenn mein Mann mich findet, bin ich erledigt.

Pfitz zündet die Lampe an, und als der Graf sieht, wie hübsch die Besucherin ist, fühlt er sich gleich nicht mehr so verärgert.

GRAF: Setzt Euch doch, Madame. Leider ist hier kein bequemer Stuhl, aber die Bettkante dürfte als Sitzplatz halbwegs herhalten. Wer ist Euer Mann, vor dem Ihr so viel Angst habt?

FRAU: Er ist von Beruf Schriftsteller, Herr. Und glaubt mir, eine Frau kann kein schlimmeres Schicksal ereilen, als mit einem Schriftsteller verheiratet zu sein. Jede Minute des Tages ist seiner Berufung geweiht – wenn er nicht die Feder aufs Papier setzt, dann hat er die Arbeit im Kopf, so daß ich praktisch übersehen werde. Er hat zahllose Affären mit Frauen gehabt, die er erfunden hat und weitaus mehr liebt, als ich ihm je am Herzen liegen kann, da ich nichts weiter als eine Ablenkung oder Irritation bin, wenn er mit seiner Schreiberei weiterkommen will. Ihr würdet die Grausamkeit gar nicht glauben, die ich im Namen seiner Kunst über mich ergehen lassen muß.

PFITZ: Das klingt nach einem sehr selbstsüchtigen Kerl.

FRAU: Sie sind alle gleich.

GRAF: Allein der Gedanke, daß er ein Wesen so schön wie Ihr vernachlässigen könnte! Diese zierlichen Hände, oder Eure porzellanweiße Wange, und wie weich!

FRAU: Ihr schmeichelt mir, Herr.

GRAF: Weiß er denn nicht, daß er der glücklichste Mann auf Erden ist, wenn er seinen Arm um diese reizende Hüfte legen kann...

PFITZ (beiseite): Ich habe gar nicht gewußt, daß so etwas in dem alten Knaben steckt...

GRAF: Oder diese süßen Lippen küssen...

PFITZ: Mäßigt Euch, Herr. Laßt uns hören, was sie zu sagen hat.

FRAU: Ich glaube, meinem Mann sind alle seine Geschichten zu Kopf gestiegen. Er hat sich in letzter Zeit sehr sonderbar benommen. Ja, ich glaube, er könnte versuchen, mich zu beseitigen.

GRAF: Wie kommt Ihr denn auf diese Idee?

FRAU: Ich muß seine Arbeiten ins reine schreiben, da seine Handschrift so schlecht ist. Auf diese Weise bekomme ich alles zu lesen, was er hervorbringt. Und mir gefällt es gar nicht, wie sich sein neues Buch entwickelt; es geht um jemand, der seine Frau umbringt – diese Dreistigkeit! Seht, ich habe einen Teil des Manuskripts bei mir; Ihr könnt es selbst lesen.

Pfitz und der Graf überfliegen das Schriftstück, das sie ihnen zeigt.

PFITZ: Ich glaube, Ihr habt recht, Madame. Euer Gemahl ist nicht ganz bei Trost und will Euch umbringen.

GRAF: Das genügt, Pfitz. Wenn diese junge Dame wirklich in Gefahr ist, dann ist es unsere Pflicht, sie zu beschützen.

PFITZ: Klingt gefahrvoll, Herr. Dräng dich nie zwischen einen Mann und seine Frau. Das habe ich vor langer Zeit von Charlotte gelernt. Wenn sie hier bleibt und von ihrem Mann gefunden wird, dann wird er uns alle drei umbringen, und meine Vorahnung eines Unglücks wird sich vollständig erfüllt haben.

GRAF: Was für eine Genugtuung für dich.

PFITZ: Also sollte ich besser schauen, daß ich Ihnen zu Ende erzähle, wie ich geboren wurde. Es war alles wegen der Getreidesteuer…

GRAF: Wir wollen das jetzt nicht hören!

FRAU: Aber ich möchte es sehr gern. Bitte fahrt fort.

PFITZ: Ich danke Euch, Madame. Mein Vater war Glaser, müßt Ihr wissen. Er hätte genausogut irgendeinen anderen Beruf erlernen können, aber nach seinen Heldentaten bei Brunnewald begegnete er jemandem, der angeboten hat, ihm dieses Handwerk beizubringen, und so rückte meine Geburt einen Schritt näher. Es war gegen Ende seiner dreijährigen Lehre, als die Getreidesteuer eingeführt wurde. Es war ein sehr unbeliebtes Gesetz – wie es Steuern immer sind –, und es hat überall Protestkundgebungen gegeben. Eines Abends hat ein Freund meinen Vater eingeladen, mit ihm auf eine solche Versammlung zu gehen, und aus Höflichkeit hat er eingewilligt.

Die Versammlung wurde im Untergeschoß eines Fischgeschäfts abgehalten. Mein Vater und sein Gefährte sind eine enge Treppe in den kalten Raum hinuntergestiegen, wo die Sitzung bereits in vollem Gange war. Sie haben hinten Platz genommen, und mein Vater hat bemerkt, daß er neben einer hübschen Frau saß.

Der Sprecher war ein feuriger junger Rebell mit langen Haaren, der gewaltig mit den Armen herumfuchtelte und von allem Erdenklichen sprach außer der Getreidesteuer selber, und bald haben alle geklatscht und gejohlt – sogar mein Vater, obwohl er sich nur anschloß, weil er auf die Frau neben sich achtete und es für das klügste hielt, genauso zu reagieren wie sie.

Doch dann wurde die Versammlung unterbrochen. Oben gab es ein Scheppern und Schreien – die Miliz war eingetroffen, um nachzusehen, was da vorging. Ein Offizier hat etwas gesagt von aufrührerischer Zusammenrottung und dem Schutz der Bevölkerung, aber tatsächlich war alles vollkommen anständig abgelaufen, bis sie aufgetaucht und mit Getöse heruntergekommen waren – gleich ein ganzer Zug – und allen gesagt hatten, die Versammlung wäre geschlossen und sie müßten fortgehen. Der feurige Rebell sagte, es sei ihr volles Recht, weiterzumachen, und als die Milizleute ihn festhielten, hat er eine Rauferei angezettelt. Andere haben sich angeschlossen, und bald war ein Kampf aller gegen alle im Gange. Selbst der Freund meines Vaters hat sich ins Getümmel gestürzt.

Mein Vater dagegen fand keinen Gefallen an Gewalt. Er hatte bereits mehr, als er vertragen konnte, bei Brunnewald miterlebt. Er hat das Mädchen gepackt, das neben ihm gesessen war, und gesagt, sie sollten lieber verschwinden. So haben sie sich zusammen mit anderen Flüchtenden wieder auf die Straße hinauf begeben. Und dann haben sie im Zimmer unten einen Schuß gehört.

Einer der Milizionäre hatte sein Gewehr abgefeuert und einen jungen Mann verwundet. Nun spülte eine Welle des Entsetzens meinen Vater und das Mädchen die Treppe hinauf auf die Straße, wobei sie über jeden trampelten, der das Pech hatte, zu stolpern. Und die Straße war mittlerweile auch voller Leute; keiner hat genau gewußt, was vor sich ging, aber es wurden Steine geworfen und noch mehr Schüsse abgegeben. Eine Barrikade war schon im Entstehen.

›Hier rein‹, sagte das Mädchen und zog meinen Vater durch eine offene Tür in einen leeren Laden. Dort war es dunkel, und sie konnten das ganze Geschrei und Getümmel draußen hören. Mein Vater hielt es für das beste, sich zu verstecken, und hat einen Stapel Säcke hinter der Ladentheke erspäht, auf den sie sich beide legen konnten.

GRAF: Ein geschickter Zug.

PFITZ: Sie haben die Zeit sehr angenehm verbracht, daran zweifle ich nicht. Später ist mein Vater aufgewacht und war allein. Er hat nach dem Mädchen gesucht, konnte es aber nirgends finden.

FRAU: War das Eure Mutter?

PFITZ: Selbstverständlich nicht. Er hat sie nie wiedergesehen. Ich habe gesagt, daß meine Geburt mit der Getreidesteuer zu tun hatte, aber es ließe sich auch sagen, daß sie mit meinem Vater zu tun hat, der einen so festen Schlaf hatte, denn wäre er früher aufgewacht, dann hätte er das Mädchen überredet, ihn nicht zu verlassen, und so hätte mein Vater sie anstatt meiner Mutter geheiratet, und Eure Exzellenz der Graf hätte sich einen anderen Diener suchen müssen, da ich niemals auf der Welt erschienen wäre.

GRAF: Deshalb mußt du sehr dankbar sein für diese bequemen Säcke und die Schlafgewohnheiten deines Vaters.

PFITZ: Das bin ich auch, obwohl mein Vater das Ganze vielleicht anders empfunden hat.

GRAF: Aber wie hat dann der Aufstand gegen die Getreidesteuer zu deiner Geburt geführt, sowie auch zur Nicht-Entstehung all dieser Kinder, die dein Vater statt dessen hätte haben können?

PFITZ: Es war ein großer Aufstand, und viele Fenster sind zu Bruch gegangen.

GRAF: Also ein gutes Geschäft für deinen Vater.

PFITZ: Am nächsten Tag wurde er beauftragt, in der Straße einige Reparaturen auszuführen. Mein Vater ist von seinem Karren in eine Pfütze gesprungen und hat eine vorbeigehende Frau vollgespritzt. Wenn er kein Glaser gewesen wäre und wenn es keinen Aufstand gegeben hätte, dann wäre er nicht dort gewesen. Und wenn da keine Pfütze gewesen wäre, in der er gelandet ist, dann hätte es keinen Wortwechsel zwischen ihm und der Frau gegeben, und wenn es keinen Wortwechsel gegeben hätte, wäre sie vorbeigegangen, und die beiden hätten sich nie kennengelernt, ineinander verliebt und geheiratet, und dann wäre ich nie geboren worden.

GRAF: Meinst du nicht, es sei das Schicksal gewesen, das es für deinen Vater so eingerichtet hat, daß er eine schreckliche Schlacht überlebt hat, Glaser geworden ist, einen genauso schrecklichen Aufstand überlebt hat, in eine Pfütze gesprungen ist und dabei auf deine zukünftige Mutter gestoßen ist?

PFITZ: Das war die Ansicht meiner Mutter. Manchmal

hat sie gesagt: »Ist es nicht wunderbar, daß das Schicksal es mir ermöglicht hat, dich zu treffen, weil du genau der bist, nach dem ich gesucht habe?« Worauf mein Vater zwei Dinge erwidert hat: Erstens, daß es nur bemerkenswert wäre, wenn meine Mutter gar keine Wahl gehabt hätte, wen sie heiratete, und zweitens, daß sie, wenn sie ihm nie begegnet wäre, nun mit einem anderen Mann zusammen wäre und dem erzählen würde, wie wunderbar es sei, daß das Schicksal sie zu dem besten aller möglichen Ehegatten geführt habe. Meinem Vater dagegen sind die Träume von allen diesen anderen Leben geblieben, die er hätte führen können, mit allen ihm entgangenen Mädchen.

FRAU: Das stimmt; typisch Mann; immer davon träumend, was er nicht hat, anstatt dankbar für das zu sein, was er hat. Mein Mann ist genauso.

GRAF: Hoffentlich ist es uns nicht beschieden, ihn kennenzulernen und es selbst herauszufinden.

PFITZ: Wir haben eine lange Nacht vor uns, Herr, also sollten wir es uns lieber gemütlich machen.

GRAF: Möchte sich die junge Dame vielleicht ins Bett legen?

FRAU: Mir genügt der Boden. Ihr mögt Euch vielleicht die Zeit mit der Lektüre des Manuskripts von meinem Mann vertreiben, während Euer Diener mich mit seinen Geschichten von meinen Sorgen ablenkt.

Und so machen es sich die drei gemütlich und warten ab, was die Nacht ihnen wohl bringen wird.

KAPITEL NEUNZEHN

Schenck hörte drunten auf der Straße ein Geräusch, und als er hinausschaute, sah er Estrella. Er packte hastig die beschriebenen Blätter zusammen, versteckte sie in seiner Tasche – die Tinte war noch kaum trocken – und ging dann die Treppe hinunter, um sie einzulassen. Von Frau Luppen war keine Spur zu sehen, und so konnte er seinen Gast leise in sein Zimmer geleiten.

Schenck hatte nun einen völlig anderen Eindruck von Estrella. Er sah eine geistesgestörte Frau; ein gefährliches Ungeheuer, das so weit gegangen war, sogar Weissblatts Frau zu ermorden. Aber war es wirklich so gewesen? Als sie nun vor ihm stand, sah sie wieder zerbrechlich und harmlos aus.

»Ich habe noch mehr für Sie.« Der Kartograph zog die Seiten heraus, die er gerade fertig geschrieben hatte. Estrella beäugte sie argwöhnisch.

»Ist Pfitz jetzt tot?«

»Nein. Muß es so sein?«

»Wir haben keine andere Wahl. Wer auch immer Ihr Autor ist, er muß einen Weg finden, Pfitz loszuwerden.«

»Sie behandeln das Leben eines Mannes sehr gleichgültig.«

Estrella lachte, erinnerte sich aber dann, daß sie leise sein mußten. »Das ist doch nur Fiktion, haben Sie das vergessen?«

»Wenn es das nicht wäre, würden Sie größere Achtung zeigen?«

Estrella sah verwirrt und verstimmt aus. »Was soll das heißen?«

Schenck wollte sie aus der Reserve locken, dachte dann aber an Weissblatts Rat. Er verfolgte das Thema nicht weiter. »Bloß weil Pfitz im Gasthof nicht zu sehen ist, heißt das nicht, daß er nicht existiert. Pfitz versteckt sich und vermeidet es, entdeckt zu werden. Er ist auf dem Plan eingezeichnet...«

»Ich habe Ihnen gesagt, da gibt es keinen Pfitz.«

»Und was ist mit Spontinis Frau?«

Estrella sah verblüfft drein. »Was wissen Sie von ihr?«

Schenck konnte sich nicht länger zurückhalten. »Es ist Zeit, daß Sie mir alles mitteilen, was Sie von Spontini wissen. Sie müssen mir eine Menge erzählen können, da Sie seine Biographie geschrieben haben.«

»Nein«, sagte Estrella, »Sie sind derjenige, der sich erklären muß. Der Ihnen Pfitzens Geschichte gegeben hat – wie heißt er?«

Schenck weigerte sich, diesen Punkt zu erörtern, was Estrella nur noch hartnäckiger darauf beharren ließ. »Sie müssen es mir sagen. Es ist Weissblatt, nicht wahr? Er benützt Sie, um gegen mich vorzugehen.«

»Ich kenne keinen solchen Mann.«

»Wer sonst kann denn all das geschrieben haben?«

Schenck dachte einen Augenblick schweigend nach, bevor er sprach. »Der Autor ist nicht Weissblatt. Ich werde Ihnen seine wahre Identität enthüllen, wenn Sie mir zuerst sagen, wer der Mann ist, vor dem Sie so viel Angst haben.«

»Also gut. Sie haben natürlich recht mit meiner Verbindung zu Spontini. Ich habe an seiner Biographie gearbeitet. Und als ich gesehen habe, daß Sie im Besitz dieses mir so verhaßten Buches sind, war ich mir sicher, daß Weissblatt seine Finger im Spiel hatte.

Es hat alles vor zwei Jahren angefangen. Er war der Leiter der Verfassergruppe, die Spontini erschuf. Er hat einige Dokumente an die Biographie geliefert, und als er mir begegnete… hat er sich in mich verliebt.«

Sie blickte zu Boden, als schämte sie sich. »Er hat mich als die Leserin betrachtet, der seine ganze Arbeit galt; die *Aphorismen* waren seine Ausrede, um mich zu sehen, und dienten ihm dazu, sein Verlangen auszudrücken. Nun glaube ich, daß er es mit Pfitz wieder genauso probiert.«

»Nein, Estrella, dem ist nicht so. Weissblatt hat mit Pfitz überhaupt nichts zu tun. Ich habe alles selber geschrieben.«

Estrella sah ihn verwundert an. »Sie? Wie konnten Sie?«

»Weil ich eine Möglichkeit suchte, Sie zu sehen. Etwa so wie Weissblatt, nehme ich an. Weil ich glaubte, mich in Sie verliebt zu haben.«

Als sie ihn ansah, schienen ihre Augen voll Traurigkeit zu sein. »Und sind Sie das noch?«

Schenck wandte sich von ihr ab. »Ich weiß es nicht. Aber was ist mit Weissblatt geschehen? Haben Sie seine Liebe erwidert?«

»Nein, nie. Er… sein Verstand geriet aus den Fugen. Ich glaube, er ist in eine Anstalt eingeliefert worden, wo er gepflegt werden konnte.«

Schenck spürte, daß Estrella etwas ausweichend antwortete. Er zweifelte noch an ihr, mußte ihre Erklärungen immer noch auf den Prüfstein legen. »Hat er niemanden gehabt, der für ihn sorgen konnte? Vielleicht eine Familie? Eine Frau?«

»Ich weiß von niemandem.«

Immer noch blickte sie auf ihre Hände, immer noch verbarg sie ein schreckliches Geheimnis.

»Wie ist denn Weissblatt verrückt geworden? Ist er gewalttätig oder gefährlich geworden? Hat er vielleicht jemanden umgebracht?«

Estrella zuckte zusammen. »Nein. Wie kommen Sie auf eine solche Idee? Nein, er war ein erbarmungswürdiger Mann, aber nicht gewalttätig. Sie haben ihn zu seinem eigenen Besten eingesperrt. Sind Sie sicher, ihn nie getroffen zu haben und daß er nichts mit Pfitz zu tun hat?« Ihre Stimme klang flehend; sie hatte die Hände vors Gesicht geschlagen. Schenck griff nach ihnen.

»Ich habe Ihnen gesagt, daß ich alles selber geschrieben habe. Für Sie.«

Er hielt nun ihre Hände und ihr Gesicht. Er spürte ihr weiches Haar, das über ihre Wange fiel.

Sie sagte: »Was war das für ein Gefühl, als Sie dachten, sie liebten mich?«

Es klopfte an der Tür.

»Sind Sie wohlauf da drin, Herr Schenck?« Es war Frau Luppen. »Ich habe vermeint, Sie würden Selbstgespräche führen. Kriegen Sie gerade wieder einen Anfall? Warum lassen Sie mich nicht herein?«

Nach seinem empörenden Benehmen gegenüber Frau Luppen vorhin war Schenck sich seiner Kündigung bereits sicher. Dennoch wollte er nicht, daß Estrella gesehen wurde. Er blickte sich im Zimmer nach einem Versteck für sie um, aber da gab es wenig Spielraum. Er deutete ihr an, unters Bett zu kriechen.

»Öffnen Sie endlich die Tür, Herr Schenck!«

Estrella starrte ihn verblüfft und ungläubig an, aber ein weiteres Pochen an der Tür und Flussis Kläffen ließen sie auf die Anweisung des Kartographen eingehen. Sie ging in die Knie und kroch außer Sicht. Schenck öffnete die Tür.

Frau Luppen trat ein, blickte im Zimmer umher und dann auf Schenck. Als sie ihm nun gegenüberstand, schienen ihr die Worte zu fehlen, und sie versuchte zu entscheiden, wie sie ihre Rede formulieren sollte. Sie ging in die Mitte des Raums, blickte zur Tür zurück und wartete, bis Schenck sie schloß. Sie streichelte Flussi, während sie ihre Gedanken sammelte.

»Was vorhin geschehen ist…«, sagte sie.

»War eine große Dummheit.« Daß es in Hörweite Estrellas zur Sprache kam, machte es nur um so quälender.

»Aber meine Reaktion war meiner ebenfalls äußerst… unwürdig. Ich war so verdattert. Ich sehe ein, daß Ihre kürzliche Verwundung Ihr Urteilsvermögen etwas beeinträchtigt haben muß – daß solche Verirrungen vorkommen können. Daß es wohl notwendig ist, nachsichtig zu sein und so etwas zu entschuldigen. Es sogar zu erdulden.« Sie war näher an ihn herangerückt. Er roch frisches Parfüm. »Haben Sie sich bei dem Sturz weh getan?«

»Nein, überhaupt nicht.«

»Aber ich habe Ihnen einen Schnitt zugefügt.« Sie streckte die Hand nach seinem Gesicht aus. Er wich zurück.

»Ein Kratzer, nichts weiter.«

In dem Maße, wie sie näher kam, zog er sich zurück. Es glich dem Tanz von Skorpionen. Und sie rückten auf Schencks Bett vor.

»Können Sie mir verzeihen, Herr Schenck?«

»Es ist an mir, um Vergebung zu bitten.«

»Oh, aber die haben Sie, bitte glauben Sie mir.« Sie hatte nun seine Hand mit ihren feisten Fingern gepackt. Es gab nun keine Rückzugsmöglichkeit mehr; Schenck taumelte, sie folgte ihm nach. Beide landeten sehr unsanft; Frau Luppen auf Schenck (der sowohl vor Überraschung als auch vor Atemlosigkeit wegen der auf ihn gefallenen Last nach Luft schnappte), und Schenck auf dem Bett, das knarrte und sich unter dem beispiellosen Gewicht durchbog. Was Estrella betraf, so fragte sich Schenck, ob sie auf der Stelle durch die Wucht getötet worden war, weil sie unter diesem Tohuwabohu immer noch schwieg.

Heiße Küsse wurden auf sein Gesicht gedrückt. Flussi leckte seine Hand. Alles war auf einmal in Verwirrung, aber nicht ganz ohne Reiz. »Sie hätten nicht so ängstlich sein sollen«, sagte sie gerade, »oder so ungestüm.« Ihre Körper schaukelten von einer Seite auf die andere, so daß Estrella, ob sie nun den ersten Aufprall überlebt hatte oder nicht, in Gefahr war, zu Staub zermahlen zu werden.

»Frau Luppen, nein, wir sollten das nicht tun.« Der Gedanke an Estrella gab ihm diese Worte ein, obwohl er mittlerweile auch eine diebische Freude verspürte und die Möglichkeit genoß, sich an der Biographin zu rächen, die sich ihm so hartnäckig verweigert hatte. Doch ein Geräusch draußen an der Haustür ließ sie aufhören. Ein Besucher rief.

Frau Luppen stand auf und ordnete hastig ihre Kleidung. Sie war außer Atem – Flussi kläffte –, aber sie schaffte es, sich halbwegs herzurichten, um nach dem Neuankömmling schauen zu gehen. Es war Gruber.

Schenck hörte die Stimme seines Kollegen unten nach ihm fragen, und so ging er auch hinunter, womit er Estrella – falls sie nicht schon plattgedrückt war – Gelegenheit gab, unter ihrem Versteck hervorzukriechen und auf ihn zu warten.

Schenck empfing Gruber in Frau Luppens Wohnung. Die Vermieterin – immer noch durcheinander und etwas derangiert – ging weg, um »einen Knopf anzunähen«, und ließ die beiden allein.

Gruber bat zunächst um weitere Informationen über das Kanalisationssystem, aber das war nichts weiter als ein Vorwand.

»Dieser Spontini, an dem Sie so interessiert sind – worum geht das alles?« Gruber war in der Literatursektion gewesen, um selbst ein wenig zu recherchieren. Er hatte sich ein weiteres Exemplar der *Aphorismen* ausgeliehen, das er aus seiner Tasche zog. »Kennen Sie die Leute, die das geschrieben haben?« Schenck gab eine verneinende Antwort. »Ihr Leiter ist wegen Mordes eingesperrt worden.«

Schenck konnte sein Entsetzen kaum verbergen. Hatte Estrella doch gelogen? Wieder war ihre Unschuld vor seinen Augen zerschmettert, wieder sah er eine gefährliche Verbrecherin. Schenck erwähnte sein Gespräch mit Weissblatt immer noch nicht, aber er mußte alles erfahren, was Gruber entdeckt hatte.

»Es war nichts Genaueres zu erfahren; nur daß der Leiter der Verfassergruppe jemanden umgebracht hat und dafür eingelocht worden ist. Aber Sie haben mir immer noch nicht gesagt, warum Sie so an Spontini interessiert sind.«

»Das tut nichts zur Sache«, sagte Schenck und zog

Gruber das Buch aus den Händen. Und während er es durchblätterte und einzelne Stellen überflog, wurde ihm bald klar, daß diese Version der *Aphorismen* nicht die gleiche war wie die oben in seinem Zimmer, wo immer noch Estrella wartete.

KAPITEL ZWANZIG

Ich sehe zu, wie der Fluß unter mir dahinrauscht, und ich sehe die statischen Kämme und Falten, die sich beim Vorbeifließen an den Bögen bilden; ein beständiges Muster, so wie fein gelocktes und geknüpftes Haar. Wie ihr Haar. Die Brücke: das ist der Platz, wo ich sie finden werde.

Ich weiß nicht mehr, wer von uns diese Worte hinschreibt. Dieser andere, der andere Spontini, ist derjenige, der bleiben wird. Er ist es, der schreiben und über den geschrieben werden sollte. Ich dagegen bin lediglich sein Werkzeug. Jeden Tag sitze ich an meinem Schreibtisch und beobachte den Schwung der Feder. Ich mag den Geruch der Tinte, die Beschaffenheit feinen Papiers. Das alles geht ihm nicht nahe – oder wenn, dann mit dem Desinteresse und dem Widerwillen eines Menschen, der jede Bewegung, jede Handlung nicht zum persönlichen Vergnügen ausführt, sondern für die Nachwelt; für die Größe und das Erbe unserer Literatur. Ich habe vielfach versucht, ihm zu entschlüpfen, und doch muß ich einsehen, daß immer er der Flüchtende gewesen ist, und den einzigen Anspruch, den ich auf Bedeutung (oder sogar Existenz) erhebe, liegt in meiner Verfolgung von ihm.

Er wird jung sterben, aber auf ewig leben. Ich werde alt werden und dann verschollen und vergessen sein. Er wird Gegenstand von Diskussionen, Kommentaren und Auseinandersetzungen sein. Gelehrte werden seine Weisheit wiederkäuen, Künstler werden danach trachten, die Kurve seiner Kennzeichen auf einer Fläche darzustellen, die er nie eingenommen hat, da der einzige Ort, an dem er existierte, die Vorstellungskraft derjenigen war, deren Glauben und Mühe ihm das Leben schenkten.

Vor langer Zeit versuchte ich, die Wunden zu heilen, die uns alle so tief verletzt haben, die Streitigkeiten und Meinungsverschiedenheiten – ich versuchte, den Schaden zu beheben, den Schmerz zu lindern. Ich versagte. Und ich erkenne, daß alles, was in ihm lebt und wo immer er sein Leben fortführt, genau aus jenem Schmerz herkommt; daß es ohne die Verbitterung, die Tränen und sogar das Blutvergießen nie irgend etwas gegeben hätte. Die eine Empfindung, die aus uns hervorgekommen ist, das einzige, das uns identifizierte und damit unser Werk, war unsere gegenseitige Feindschaft. Und deshalb ist der von uns erfundene Mann ein Geschöpf der Zwietracht; sich selbst entfremdet, jede Laune oder Begierde von ihm ist eine Reaktion auf irgendeine andere Laune oder Begierde woanders in seiner Seele. Ein Mann, dessen einziger Zweck in der Schöpfung darin besteht, die nachträgliche Befriedigung der Zerstörung zu haben. Oder vielmehr die Fähigkeit, mit für ihn typischem Abscheu sein Recht der Zerstörung auszuüben.

Ich kann ihn nicht ausstehen, aber dennoch bin ich nichts ohne ihn.

Und wenn ich nun auf die Brüstung dieser Brücke kletterte, dieser treibenden Wolke aus Feuchtigkeit, so kletterte, wie es mir oft vorgeschwebt hat, und im feinen Tropfenwirbel auf das Wasser hinabblicke, das unter mir strudelt, und wenn ich mich bereit machte, zu fallen, würde ich dann in dieser Bewegung zwischen Leben und

Tod etwas Bleibenderes, Dauerhafteres als die Kaskade der eins ins andere verschmelzenden Bilder finden, zu dem die Stadt und meine Existenz darin geworden sind?

In meiner Zelle hatte ich Gelegenheit, meine Gedanken auf Papier halbwegs zu ordnen, obwohl dies kaum dazu dient, sie überzeugender für mich zu machen. Ich wiege mich immer noch in dem festen Glauben, daß alles auf irgendeine Weise falsch ist und daß jeder Versuch, über die Welt und unsere Befindlichkeit darin Überlegungen und Theorien aufzustellen, von Anfang an zu letztendlichem Widerspruch verurteilt ist. Dessenungeachtet gibt es gewisse Stellungnahmen, die abzugeben ich mich versucht fühle, wenn auch nur behutsam. Ich habe allmählich den Verdacht, daß Bedeutung keine Eigenschaft ist, die durch einen Reduktionsprozeß erreicht werden kann. Es ist etwas, das sich herauskristallisiert; etwas, das sich auf eine Weise bildet, die sich nicht mehr auf die Summe der Teile zurückführen lassen kann.

Ich sage, daß ein Satz mir etwas »bedeutet«. Muß es dann der Fall sein, daß jedes Wort davon etwas Kleineres aussagt und ihre Summe die Bedeutung des Satzes bildet?

Ich sehe ein vertrautes Gesicht. Wäre jedes Teil dieses Gesichts genauso vertraut? Würden die Augen allein, der Leberfleck hinter dem Ohr oder eine einzige Strähne roten Haars einen entsprechenden Bruchteil der Bedeutung ergeben, die ich von ihrem Gesicht in seiner Gesamtheit erlange?

Ein weiteres Bild, wie ein mir ins Auge gewehtes Sandkorn: ihre Gestalt, durch einen sich bauschenden Nebel-

schleier gesehen, wie sie am äußersten Ende der Brücke steht. Kurz davor, sie zu überqueren, auf sie hinauszugehen, an meiner vergessenen Gestalt vorbei, die ihr so leblos vorkommen muß wie alle anderen Statuen, die sie kaum wahrnimmt. Sie ist auch nichts als Wasser, nichts als eine bestimmte Art von Fluß, dessen tröpfelnder Lauf, dessen Strudel und stillstehende Winkel mir für immer ein Mysterium sein werden, verboten und außer Reichweite.

Stell dir folgende Situation vor. Du sitzt gerade an deinem Schreibtisch. Du magst den Tintengeruch, das Papier und den Ledersessel, den du so bequem findest. Du magst die Beschaffenheit des Papiers und das Kratzen des Kiels, wenn deine Feder sich darüber hinbewegt. Sie haben dir ein weiteres Stück geschickt, das angeblich von ihm sein und ihn daher identifizieren soll. Du fühlst bereits, du weißt, wer er ist, was er ist, aber dennoch macht ihn jede neue Hinzufügung weniger vertraut; macht ihn weniger zu der Figur, die du für dich erschaffen willst. Und doch wächst er weiter, über alles hinaus, was du vielleicht für ihn erhofft hast. Seine Persönlichkeit ist etwas, das du deiner Meinung nach hättest beherrschen können; nach einem Bild deiner Wahl modelliert – das war eine eitle Hoffnung, und er wird aus den Fesseln ausbrechen, mit denen du gewünscht hattest, ihn einzuschränken und einzugrenzen. Seine Worte erschaffen ihn, und er erschafft dich. Bald wird er so weit gewachsen sein, daß er dich entbehrlich findet.

Beim näheren Ende der Brücke sehe ich jenen anderen Mann – jene andere Statue. Unsere drei Flüsse begegneten sich flüchtig, ihre Wasser vermischten sich einen Moment, den kürzesten Augenblick lang, bevor sie ihre ver-

schiedenen Wege einschlugen. Ich sehe sein Gesicht, wie es auftauchte, als ich ihn tötete.

Ich bin nicht der Urheber dieser Worte – ich habe auch nach ihm (nach ihnen) gesucht. Ich sehe sie innerhalb meiner Person, wenn ich mich im Dunkeln aufs Strohbett lege und die Augen schließe. Ich sehe, wie sie mich und alle jene anderen erschaffen, die ich noch werden könnte.

Ich tröste mich mit einem Zitat, das von einem von ihnen geschrieben sein könnte: »Ich weiß, daß alles in der Welt mich beständig täuscht durch seine Subtilität, seine Komplexität jenseits des Verständnisses und dadurch, daß es in Wirklichkeit Teil eines gleichförmigen Ganzen ist, das zur Reduktion und zum Verständnis nicht fähig ist. Ich weiß auch, daß der Verstand, der innerhalb dieses Körpers agiert, sich beständig selbst täuscht, in dem Sinne, daß er für sich Bilder erschafft, die, wenn sie nicht ganz falsch sind, nichtsdestoweniger hoffnungsvolle Verzerrungen einer Welt sind, der es nie beschieden war, davon bevölkert zu werden. Ich weiß, daß die Welt von mir weiß, nur ich weiß nichts.«

Und das Strömen des Flusses unter mir ist eine weitere Unmöglichkeit. Zu irgendeinem gegebenen Augenblick bewegt sich das Wasser nicht, und so steht es in jedem Augenblick still. Ich sehe die statischen Muster; die Falten und Kämme, durch die das Wasser zu fließen scheint, und ich denke an Leopold, wie ich ihn wohl verlassen habe, als er auf dem Rücken im Schnee lag; eine breite Blutspur lief an seinem Kinn herab. Zu jedem Augenblick der Zeit sind wir nicht anders als eine leblose Leiche. Unser Leben ist eine weitere Art der unmöglichen Bewegung. Eine andere Art Wasser.

Ich werde es anderen überlassen, über Definitionen und Interpretationen zu streiten. Einstweilen freue ich mich auf den Augenblick, wenn das andere *du* auf das andere *mich* trifft, wenn du im Dunkeln um eine Ecke biegst, vielleicht ein wenig bange, was die Nacht verbergen mag, und du spürst meinen Arm um dich, plötzlich von hinten, und das an deine Kehle gehaltene Messer – an deiner Kehle, aber auch an meiner, da wir in Wirklichkeit eine einzige Person sind; wir sind verschiedene Teile derselben unmöglichen Person, die nun in ihrer Zelle sitzt und über einen Tod nachdenkt, der so unendlich vervielfältigt sein wird wie die sich selbst gleichenden Reflektionen in parallelen Spiegeln. Spontini wird sterben, und ich werde auf ewig leben. Ich werde sterben, und Spontini wird auf ewig leben.

Ich klettere auf die Brüstung der Brücke und gemahne mich erneut an das Paradox. Eine Kugel fliegt durch die Luft – in einer Sekunde wird sie aus dem Lauf meiner Pistole zur Brust meines Feindes gelangt sein. In einer halben Sekunde wird sie nur die halbe Strecke zurücklegen. Und während eines Augenblicks der Zeit fliegt sie gar keine Strecke, sondern schwebt stationär zwischen Abfliegen und Ankommen. Zwischen Leben und Tod. Wenn also dann die Kugel in jedem Augenblick keine Strecke zurücklegt, kann sie sich doch sicher nicht bewegen. Es kann keine Bewegung geben, keine Leiche, die im Schnee liegt, der eine Blutspur über die kalte weiße Haut läuft; kein wie ein Stein fallender Körper von der Brüstung der Brücke; keine Sterne und Planeten über uns, die sich in Umlaufbahnen bewegen, die unsere Wege auf immer fixieren. Es kann nur Wasser geben; stationär, ewig und in einem endlosen Fluß fließend, dessen kalte Substanz gefurcht und gefaltet ist, und geflochten wie das Haar einer Frau, und dessen Kälte, während ich jetzt davon träume, darin einzutauchen – Kälte jenseits der Empfindung – selbst eine andere Art des Fließens und Vermischens ist, des Sinkens und Untertauchens, des Lebens und Sterbens.

Meine Verbrechen sind die Verbrechen derjenigen, die mich erschaffen. Was sie mir mitzuteilen versucht haben – die mir geschickten Botschaften –, mögen ein Versuch gewesen sein, mich zu warnen. Ich weiß nur, daß sie mir beständig entschlüpft sind, während ich vergeblich versucht habe, sie aufzuspüren und ihre Absichten zu verstehen. Sie leben in mir; ihre Worte machen mich, und dennoch versuche ich ihnen zu entfliehen.

Ist das eine Erinnerung oder eine Vorahnung? Ich sehe wieder die Klinge, weiches, untreues Fleisch und Blut an meinen Händen. Ich laufe durch dunkle Straßen, noch von denen verfolgt, die danach trachten, mich zu schreiben, mich zu korrigieren, einen halbgebildeten Gedanken ungeschrieben zu machen und auszulöschen, einen Drang neu zu formulieren, der in seinem ersten Entwurf äußerst aufrichtig war. Ich spüre, wie ich von der mich definierenden Sprache und der Literatur, wofür ich geschaffen worden war, in die Enge getrieben werde. Ich versuche ihnen zu sagen, daß es reicht, daß ich nicht mehr kann. Ich glaube (vielleicht ist das ein weiterer Streich von ihnen), daß ich einen von ihnen sehe; im Dunkeln stoße ich auf seine verdutzte Gestalt, und vielleicht wird er nun erkennen, daß sein eigenes Leben nichts weiter als eine schwebende Vision gewesen ist, eine in dem nicht genau umrissenen Bereich zwischen einem Bild und dem nächsten in einer endlos entrückenden Vielfalt an

Spiegelbildern erfaßte Gestalt, identisch, aber doch sich vermindernd, eins im anderen. Und ich sage ihm, wie ich immer gesagt habe und es wie ein zwischen parallelen Wänden unendlich vervielfältigtes Echo immer wieder sagen werde:

Hier hört die Geschichte auf.
Hier hört die Geschichte auf.

KAPITEL EINUNDZWANZIG

»Ich verstehe nicht«, sagte Schenck, »wie es zwei verschiedene Versionen des Buchs geben kann. Es ist so, als würde es immer noch weitergeschrieben werden, selbst nachdem es schon gedruckt existiert. Und die Verfasser – Sie haben gesagt, der Leiter ist ins Gefängnis gekommen. Wen hat er umgebracht?«

Gruber wußte es nicht, aber die Möglichkeit, daß Estrella Schenck angelogen hatte, nagte weiter an seinem Herzen. Er konnte seinen Kollegen nicht länger als Rivalen ansehen; er wollte nur die Wahrheit herausfinden.

»Gruber, wir müssen der Sache auf den Grund gehen. Estrella, die Biographin, ist oben in meinem Zimmer.«

»Was, der Rotschopf? Sie alter Teufel!«

»Still, Frau Luppen soll es nicht hören. Wenn meine Befürchtungen zutreffen, dann könnte Estrella sehr gefährlich sein. Kommen Sie mit, wir werden sie zur Rede stellen.«

Das klang für Gruber äußerst vielversprechend. Doch als sie Schencks Zimmer betraten, war Estrella weg. Schenck schaute unters Bett und sogar in den winzigen Schrank (sehr zu Grubers Belustigung), auf jeden Fall schien Estrella hinausgeschlüpft zu sein, während sie miteinander geredet hatten.

»Wir müssen sie finden!« Schenck nahm seinen Mantel und geleitete seinen Kollegen zur Haustür.

»Sollten wir uns nicht von Ihrer Vermieterin verabschieden?«

»Nein, das geht sie nichts an. Versuchen Sie beim Hinausgehen kein Geräusch zu machen.«

Draußen war es kalt und finster, und es gab keinen Hinweis, welche Richtung Estrella wohl eingeschlagen hatte. Schenck erinnerte sich, wie sie am Ende der Straße gestanden hatte, als er zur Tür ging; so entschied er sich, auf dieses Ende der Gasse zuzugehen. Dann bogen sie um eine Ecke und schlugen zwar auf gut Glück, aber raschen Schrittes eine Richtung ein.

»Ich habe den einen, der an Spontini geschrieben hat, getroffen. Er heißt Weissblatt – er hat mich gestern im Büro besucht.«

Gruber rief aus: »Mein Gott, der war es also!« Nun fühlte er sich in der Lage, eine weitere Enthüllung zu machen. »Er hat mich auch besucht! Es war etwa vor einer Woche – er ist in der Kartographiesektion aufgekreuzt und wollte sich einige Karten ansehen. Ich habe ihn um ein Beglaubigungsschreiben gebeten, aber er hatte keines. Ich sollte Ihnen das nicht erzählen, Schenck, aber er hat mir einen Beutel mit Goldkronen angeboten.«

»Was hat er sehen wollen?«

»Ich weiß es nicht. Ich bin woandershin gegangen und habe ihn machen lassen – wenn er geschnappt würde, wollte ich nicht mit hineingezogen werden. Als ich gesehen habe, wie er Sie besucht hat, bin ich argwöhnisch geworden – es schien, als wären Sie beide am selben Komplott beteiligt.«

»Das sind wir, Gruber, aber es ist ein Komplott, das ich überhaupt nicht verstehe. Estrella hat Weissblatts Frau ermordet, und er ist dafür ins Gefängnis gekommen. Nun will er seinen Namen reinwaschen, und den von Spontini genauso. Oder aber er ist verrückt und Estrella verfallen. Aber warum hat sie mir dann erzählt, daß er niemanden umgebracht hat?«

Gruber konnte kaum mit Schencks Gangart Schritt halten, genausowenig mit seiner Zusammenfassung des Falls. Aber die war mehr für Schenck selbst gegeben worden; der Versuch, eine Argumentationskette durchzugehen und eine gewisse Logik, eine gewisse Bedeutung darin zu finden.

»Wir werden sie nie finden, Schenck. Meinen Sie nicht auch, es wäre das beste, aufzugeben und heimzugehen? Was auch zwischen diesen beiden vorgeht, warum lassen wir sie nicht einfach machen? Wenn Sie mich fragen, Estrella bringt nichts als Unglück. Denken Sie doch daran, was mir passiert ist, als ich sie heimbegleitet habe.«

»Nein, wir sollten uns trennen. Auf die Art wird die Chance größer, sie zu finden.«

»Und was soll ich machen, wenn ich sie finde?«

»Lassen Sie sie nicht weggehen. Rufen Sie laut, damit ich erfahre, wo Sie sind.«

Damit schickte Schenck Gruber fort und sah ihm nach, wie er in der Dunkelheit verschwand. Es gab immer noch keinen Hinweis, wohin Estrella geflohen sein mochte. Er ging auf gut Glück weiter, und nach einer halben Stunde war er müde, aber immer noch entschlossen, weiterzumachen. Er kam an den Fluß, und auf der Brücke sah er eine einsame Gestalt. Endlich hatte er sie gefunden.

Sie stand da, als würde sie auf jemanden warten. Der Mond brach gerade durch die tiefhängenden Wolken, und in seinem Licht konnte der Kartograph Estrella beobachten, wie sie hin und wieder ihren Standpunkt änderte, sich umdrehte oder ein paar Schritte machte, um gegen die Kälte anzugehen. Sie hatte ihn nicht gesehen. Dann, als sie zum anderen Ende der Brücke sah, schlich sich Schenck näher heran, trat auf deren breite Bahn und versteckte sich immer hinter einer Statue, wenn Estrella Anstalten machte, sich umzusehen. Auf diese Art kam er ihr schließlich so nahe, daß sie in Reichweite war.

Der Mond schien immer noch hell. Schenck wartete, bis eine große Wolke ihn allmählich verdeckte und die Wolkenränder weiß aufglühten, bis sie dann verblaßten, als die Mondscheibe verschwand. Nun war es dunkel genug. Schenck stürzte aus seinem Versteck, packte Estrella von hinten, ergriff ihren linken Arm fest mit der Hand, während ihre rechte um sich schlug und sich wehrte. Sie versuchte, sich umzudrehen, um ihren Angreifer zu sehen. Sie langte nach etwas, zog ihr Messer und schnitt Schenck flink in die Hand. Er ließ sie los und sah eine Blutspur, im schwachen Licht dunkelblau auf seiner Haut. Nun konnte Estrella sehen, wen sie verwundet hatte.

»Schenck!« Sie ließ die Waffe sinken. »Sind Sie arg verletzt?« Er wickelte sich das Taschentuch um die Schnittwunde. Sie bot ihm ihres auch noch an. »Sie hätten mich nicht so überraschen sollen. Ich hätte Sie töten können.«

»Was tun Sie hier?«

»Können Sie es nicht erraten? Ich warte auf Weissblatt.«

»Hat er mit Ihnen ein Treffen vereinbart?«

»Nein. Aber er wird kommen. Und dann können wir diese schreckliche Episode vielleicht zum Abschluß bringen, auf die eine oder andere Art.«

»Sie haben mir erzählt, er hätte niemanden ermordet. Warum haben Sie mich angelogen?«

»Wenn ich Ihnen die Wahrheit vorenthalten habe, so geschah es nur um Ihretwillen. Der Verstorbene hieß Leopold. Er gehörte zu der Gruppe, die Spontinis Buch erstellte. Ich bin ihm begegnet, während ich Spontinis Biographie schrieb.« Estrella wandte sich um und blickte über die Brüstung der Brücke auf das darunter strudelnde Wasser. »Wir haben uns ineinander verliebt.«

Schenck konnte der Pein, noch mehr zu hören, nicht widerstehen. Er drang in sie, weiterzureden.

»Weissblatt ist ganz auf mich versessen gewesen, wie ich Ihnen gesagt habe. Er hatte sich schon so sehr mit Spontini identifiziert, daß er mich als seine eigene Frau und Leopold als seinen treulosen Diener ansah.«

»Und so hat er ihn umgebracht?«

Estrella starrte auf die weißen, gerade noch sichtbaren Schaumkronen im Wasser. »Sie haben sich mit Pistolen duelliert. Leopold war kein Scharfschütze.«

Schenck erinnerte sich an das, was er gelesen hatte. »Es ist wie im Buch.«

»Was meinen Sie?«

»Leopold und das Duell. Spontini erwähnt beides in den *Aphorismen*.«

»Ich glaube, da irren Sie sich. Weissblatts Verwechslung seiner Identität mit der von Spontini ging nicht ganz so weit.«

Doch als Schenck erklärte, was er eben in dem Exemplar gelesen hatte, das Gruber ihm gezeigt hatte, wurde die Lösung klar. »Er muß die *Aphorismen* neu geschrieben haben«, sagte Schenck. »Weissblatt versucht, Spontinis Leben neu zu schreiben, und damit auch seines. Er muß derjenige sein, der mich auf der Straße überfallen hat, als er versucht hat, mir das Buch zu entwenden. Und der Plan – er hat Spontinis Namen ausradiert, um den Mord zu vertuschen. Das alles ergibt jetzt einen

Sinn für mich. Aber warum meinen Sie, daß er hierher kommen wird?«

»Das ist die Stelle, an der Leopold gestorben ist.«

Schenck langte mit seiner verletzten Hand nach ihr, aber sie blickte weiter aufs dunkle Wasser.

»Weissblatt weiß, er wird mich hier finden. Als ich erfahren habe, daß er wieder frei war, habe ich geschworen, ich würde nicht ruhen, bis ich ihn gestellt habe, so daß ich diese schreckliche Geschichte zu ihrem Ende bringen kann. Aber ich habe auch die Gefahr erkannt, die er bedeutete. Zuerst ist Ihr Kollege von ihm angegriffen worden.«

»Weil er vielleicht von Weissblatts Pfusch mit dem Plan wußte.«

»Und dann haben Sie angefangen, mir all diese Geschichten von Pfitz zu bringen, und da war ich sicher, Sie müßten einer seiner Handlanger sein.«

»Haben Sie mich deswegen so lange auf Sie warten lassen?«

»Vergeben Sie mir, ich hatte Angst. Aber dennoch konnte ich kaum glauben, daß Sie vielleicht mein Feind sind. Und wenn Sie unschuldig waren, dann mußte ich Sie vor Gefahr bewahren. Ich habe sogar unter Ihrem Fenster Wache gestanden, falls Weissblatt losschlagen sollte.«

Sie blickte ihm nun voll Vertrauen in die Augen. Alle seine Zweifel waren fort, seine Befürchtungen waren verflogen. Er küßte sie, und es kam zu einer von Hoffnung und Verzeihung erfüllten Umarmung. Sie wurden durch ein Geräusch am Ende der Brücke gestört.

»Er ist da!« Estrella schob Schenck von sich weg und stellte sich abwartend mit dem Dolch hinter dem Rücken hin. Weissblatt kam auf sie zu, eine bedrohliche Gestalt im Mondlicht. Er näherte sich und sprach Schenck an:

»Was für Lügen erzählt sie Ihnen?«

Schenck sagte: »Nein, Weissblatt. Sie sind der Lügner. Sie wissen nicht einmal, wer oder was Sie sind.«

»Ich heiße Spontini, und Sie sind der Schuft, der mir meine Frau zu stehlen versucht hat.« Nun sprang Weissblatt auf Schenck zu, und die beiden lieferten sich einen verbissenen Kampf. Estrella konnte nur zuschauen, zum Eingreifen unfähig, da sie eventuell Schenck verwunden konnte.

»Sie sind nicht Spontini!« Selbst während des Kampfes versuchte der Kartograph seinen Gegner noch zur Vernunft zu bringen. »Er existiert nicht, er ist eine Fiktion.« Weissblatt sackte an die Brüstung der Brücke. Schenck lockerte seinen Griff, und die beiden Männer standen sich gegenüber.

»Ich weiß alles«, sagte Schenck. »Ich weiß, daß Sie Karten und Bücher in dem Versuch gefälscht haben, Spontinis Leben zu ändern. Aber Sie können sich nie durchsetzen; die Fakten sind geschrieben und können nicht wieder zunichte gemacht werden.«

»Da irren Sie sich. Ich habe mich bereits durchgesetzt – oder fast. Ein Mann allein steht mir im Weg – derjenige, der behauptet hat, gesehen zu haben, wie Spontini seine Frau umgebracht hat. Ich meine Graf Zelneck. Ich werde Sie töten und auch ihn. Und dann werde ich, Spontini, frei sein.«

»Wie wollen Sie denn den Grafen umbringen?«

Estrella unterbrach. »Er hat recht; Spontini ermordet den Grafen tatsächlich in Rreinnstadt. Das habe ich schon gewußt, seit ich mit seiner Biographie angefangen habe.«

»Sie meinen, der Zweck seiner Reise liegt darin, umgebracht zu werden?«

»Ja«, sagte Estrella, »aber nicht bevor er seinen Mörder denunziert hat.«

Schenck verstand immer noch nicht ganz. Er fragte Weissblatt: »Was ist mit Pfitz – dem Namen, den Sie auf den Plan geschrieben haben, nachdem Sie Spontini ausradiert haben?«

»Es gibt keinen Pfitz«, sagte Weissblatt. »Meine Änderung am Plan war hastig – ich mußte rasch handeln, bevor mich jemand stören konnte. Das Zeichen, das ich entfernt habe, war die Leiche von Spontinis Frau, die neben dem Grafen auf dem Boden lag. Ihren Namen habe ich wegradiert. Aber da ist noch ein Fleck auf dem Plan übriggeblieben. Ich habe mit Bleistift eine Erklärung daneben geschrieben. *Pfütze.* Sie haben meine Schrift falsch gelesen.«

Nun endlich wußte Schenck die Wahrheit über Pfitz. Er war nichts weiter als eine schlecht bezeichnete Pfütze. Und er hatte seinen Herrn auf einer Reise begleitet, die mit dem Tod enden würde.

»Sie sind krank, Weissblatt. Sie sollten wieder ins Spital gehen, wo Sie gepflegt werden können.«

Weissblatt warf sich erneut auf Schenck. Es war die letzte vergebliche Geste eines Mannes, der nicht einmal mehr an seine eigene Existenz glauben konnte. Die beiden Männer stießen an die niedrige Brüstung; Weissblatt versuchte, Schenck hinüberzustoßen. Es hatte den Anschein, als ob der Kartograph dessen kraftvollem Körper nicht gewachsen wäre. Aber da sprang Estrella ein – sie griff nach Weissblatts Beinen, brachte ihn aus dem Gleichgewicht, so daß er nun derjenige war, der kippte und verzweifelt mit den Händen fuchtelte. Sein Körper stürzte schwer auf die Brüstung und dann über die Kante.

Weissblatt konnte sich gerade noch am Steinsims festkrallen, als er fiel; er baumelte von der Brücke, während er mit starken Händen den Stein umklammert hielt. Schenck rief verzweifelt: »Geben Sie mir Ihre Hand.« Aber Weissblatt starrte ihn mit einem Blick gelassener Ergebenheit an.

»Hier hört die Geschichte auf«, sagte er. Dann lockerte er seinen Griff und ließ sich ins strömende Flußwasser fallen, wo er bald nicht mehr zu sehen war.

Schenck und Estrella hielten sich eng umschlungen. Sie gingen über die Brücke und wieder durch die Straßen zurück, wobei keiner ein Wort herausbringen konnte. Das Entsetzliche, das sie gesehen hatten, lag in seiner Unausweichlichkeit begründet, als ob Weissblatts ganze Existenz – das Leben, an das er nicht mehr glaubte – nichts weiter gewesen wäre als eine Vorbereitung auf diese letzte Geste.

Sie gingen wieder zu Schencks Anwesen, und als sie dort ankamen, hörten sie von drinnen Gelächter. Frau Luppen war in ihrer Wohnung und redete ausgelassen, während Flussi aufgeregt kläffte. Als Schenck vorsichtig zum Fenster hereinschaute, sah er Gruber wie einen Säugling im gewaltigen Schoß von Frau Luppen liegen, die ihm durchs Haar strich, während sie redete. Die beiden würden zweifellos sehr glücklich miteinander werden.

Schenck und Estrella stahlen sich behutsam in sein Zimmer hinauf. Beide schwiegen, bedrückt und entsetzt von dem schrecklichen Ereignis, das sie auf der Brücke mit angesehen hatten. Und Schenck war auch betrübt von dem, was Estrella ihm vorher gesagt hatte. Es erschien beinahe herzlos, sie nun danach zu fragen, nach allem, was sie gesehen hatten. Aber er mußte trotzdem mehr erfahren.

»Erzähl mir von Leopold«, sagte er. »Wie war er?«

Estrella stand am Fenster und schaute in die Schwärze. »Er war...« Sie redete nicht weiter. Hatte sie Angst, Schencks Gefühle zu verletzen? Hatte sie vergessen, wie Leopold war? »Er war wie ein Kind.«

Schenck stand auf, nahm ihren Arm und sah, daß ihr eine Träne aus dem Auge trat und auf ihre Wange kullerte. »Was meinst du?«

Als sie sprach, war es fast zu sich selbst, als wäre Schenck gar nicht mehr anwesend. »Er sah jünger aus, als er wirklich war. Und sein Haar war so weich. Seine Stimme war sanft und gleichmäßig, und mit seinen Geschichten konnte er einen in eine andere Welt entführen.«

Schenck spürte ihren Arm in seinem, aber er fühlte auch, wie er sie verlor; er empfand es so, als würde ihr Herz davontreiben, in die undurchdringlichen Tiefen des Raums entschweben, wo Leopolds Seele sich nun aufhielt – genauso, wie Leopold selbst geschrieben hätte (oder war es Weissblatt?), als er die Geschichte vom Prinzen und seinem Sterndeuter erzählte. Schenck konnte Estrella nie für sich gewinnen, das erkannte er nun. Er hatte die Frau, in die er sich verliebt hatte, erfunden. Diese andere Estrella, die aus einem vergänglichen Augenblick in der Biographiesektion Geborene, war nichts weiter als eine Illusion, von Liebe genährt. Hier und jetzt war die Wirklichkeit. Doch wenn es zwei Estrellas gab, konnte es nicht auch zwei Schencks geben? Einer, der dastand und seinen Träumen nachsah, wie sie ins dunkelste Vergessen entflogen, während ein anderer endlich die Wonnen erfahren konnte, die er sich erhofft hatte?

Sie wandte sich ihm zu, und die Tränen, die sie auf ihren Wangen spürten, als ihre Gesichter aufeinandertrafen, gehörten in gleicher Weise beiden oder keinem. Sie bewegten sich stumm aufs Bett zu und legten sich hin, und als Schenck endlich Estrellas Körper nackt und weiß unter sich sah, erblickte er einen bis ins kleinste ausgeführten Kontinent, wenn er auch für immer unerobert bleiben würde. Es war eine imaginäre Landschaft, ein erdachtes Land; sanfte Weiden, über die sich spekulieren ließ, üppige Wälder, in denen sein Geist endlos herumwandern konnte – unwirkliche Wälder, unwirkliche Städte, juwelengleich; eine seiner leckenden Zunge Widerstand bietende, steife Brustwarze, ein Berggipfel, der wahrscheinlich für immer verschwinden würde, sobald seine Vorstellungskraft versagte. Alles war bebend festgehalten nur durch den Willen zum Glauben. Rreinnstadt, Estrella, die Welt oder Schenck selbst – das waren alles nichts weiter als schöne Träume, von der Hoffnung und der Angst vor dem Vergessen aufrechterhalten.

Schließlich schliefen sie ein, und als Schenck später kurz aufwachte, sah er auf Estrellas Gesicht noch mehr Tränen, als würde sie selbst im Schlaf um Leopold weinen. Und da weinte er auch; um Leopold, um Estrella, um Weissblatt. Er vergoß warme Tränen, und davon wurde ihm leicht und frei im Gemüt. In seinen Träumen zu leben – wer kann den Mann aus ganzem Herzen verdammen, dessen einziges Glück in einer solchen Zuflucht lag? War Weissblatt wirklich verrückt, oder hatte er tatsächlich den wahren Weg gezeigt? Schenck hatte Estrella verloren – der Schenck, der Pläne erstellte, der täglich zur Arbeit ging und sein Mittagessen von einem Atlas auf seinem Schoß verzehrte. Dieser Schenck würde alt werden, würde dahinschwinden und die süße Erinnerung an diese Nacht mit sich nehmen. Aber da gab es einen anderen Schenck, einen, der in Rreinnstadt leben mochte, der vielleicht höher hinaus gelangte. Einer, der vielleicht wirklich das Leben gewinnen mochte.

Der Kartograph existierte nicht, das begriff er nun, außer als Werkzeug, um jene andere Geschichte zu erschaffen. Er hatte sie bereits begonnen; es bedurfte nur noch des letzten Kapitels. Estrella würde später aufwachen und seine Worte lesen, dann das Manuskript mitnehmen, um es dem ewigen Leben Rreinnstadts einzuverleiben. Und dann würde Schenck sich auflösen; sein weiteres sterbliches Leben würde nicht weiter von Belang sein. Einzig der fern in der Zukunft liegende Tag würde zählen, an dem sein eigener und Estrellas Name zusammen auf dem gewaltigen Ehrenmal in Rreinnstadt zur Erinnerung an ihre Schöpfer eingraviert sein würden. Der Tag, an dem ihre Seelen sich in alle Ewigkeit verbinden würden.

Schenck stieg leise aus dem Bett, um die noch Schlafenden nicht zu wecken. Er hörte Estrellas sanftes Atmen und das pfeifende Schnarchen von Frau Luppen, die in den Armen des dahingestreckten Gruber lag. Die ganze Welt schlief. Und Schenck setzte sich bei Kerzenlicht nieder, um das letzte Kapitel von Pfitz zu schreiben.

KAPITEL ZWEIUNDZWANZIG

Wieder höre ich das Plappern vieler Zungen, den Anschein von Verständigung. Sprache ist eine überaus subtile Illusion, eine täuschende Verhaltensform. Wir suchen im Rennen eines Pferdes oder im Schnüffeln eines Hundes nicht nach Bedeutung. Doch kaum spricht ein Mensch, schon suchen wir nach einer Antwort, einer Lösung, als wäre sein Sprechen eine völlig andere Handlung als etwa das Rennen oder Schnüffeln irgendeines Tiers.

GRAF: Ich werde daraus nicht schlau.

Es ist spät in der Nacht. Pfitz und Spontinis Frau sitzen in der Nähe, während der Graf das Buchmanuskript ihres Mannes liest.

GRAF: Ich mag lieber etwas mit einer guten Handlung, wo etwas passiert. Etwas mit Charakteren, auf die einer sich einlassen kann, und Szenen, die einer verstehen und vor sich sehen kann.

– Ich auch!

Ach nein, nicht schon wieder. Würden Sie bitte die Geschichte von Pfitz und dem Grafen zum Schluß kommen lassen?

GRAF: Ich komme nicht drauf, über wen diese Geschichte sein soll oder was und warum es geschieht.

FRAU: Dann laßt es mich erklären. Es geht um eine Gruppe von Leuten, die zusammenkommen, um ein

Buch zu schreiben, aber dann verlieben sie sich alle in dieselbe Frau und fangen untereinander zu streiten an, bis sie beschließen, die Angelegenheit durch ein Duell zu regeln. Der eine heißt Weissblatt, und ein anderer Leopold, und sie treffen sich an einem verschneiten Wintermorgen zum Kampf um das Herz der Frau. Es ist so romantisch, ich muß schon fast weinen, wenn ich nur daran denke!

GRAF: Ich glaube, zu der Stelle bin ich noch nicht gekommen.

FRAU: Sie nehmen die Pistolen von ihren Sekundanten entgegen und stellen sich Rücken an Rücken. Da sind der Dunst, der ihnen beim Atmen aus dem Mund steigt, und ihre weißen Gesichter in der Kälte zu sehen. Dann schreiten sie durch den Schnee; er knirscht beim Gehen unter ihren Stiefeln. Eins... zwei... drei... Sie drehen sich um und zielen. Die Waffen gehen los. Krähen fliegen in einem gewaltigen Schwarm aus den kahlen Bäumen auf. Ihre aufsteigenden Gestalten zeichnen sich vor dem weißen Himmel in einer anmutigen Linie ab. Leopold liegt im Sterben, eine dünne Spur hellroten Bluts läuft ihm aus dem Mund. Weissblatt schreitet davon.

GRAF: Ich kann mich nicht erinnern, irgend etwas von Weissblatt oder Leopold gelesen zu haben.

FRAU: Vielleicht seid Ihr den Worten nicht aufmerksam genug gefolgt. Mein Ehemann hat das verfaßt, und ich habe alles für ihn abgeschrieben, also sollte ich Bescheid wissen. Aber jetzt will er alles ändern. In der ersten Version wird Weissblatt verhaftet und unter Mordanklage gestellt. Mein Mann will es so umschreiben, daß Weissblatt entkommt.

GRAF: Und warum will Euer Mann Euch etwas antun?

FRAU: Er hat eine andere gefunden. Das weiß ich aus dem, was er schreibt. Er versucht, mir seine Gefühle zu verheimlichen, aber seine eigenen Geschichten verraten ihn. Nun bin ich bloß ein Hindernis auf seinem Weg. Wenn er mich findet, wird er mich umbringen, dessen bin ich sicher.

GRAF: Solange ich hier bin, wird er das nicht. Der Mann ist vollkommen verrückt – das kann doch jeder aus seinem Buch ersehen.

Draußen ertönt ein Geräusch.

PFITZ: Was war das? (Er geht zum Fenster und schaut hinaus.) Da ist ein übel aussehender Kerl unten.

FRAU: Mein Gott, das ist er!

GRAF: Pfitz, geh hinaus und rede mit ihm. Sorge dafür, daß er nicht hereinkommt und uns findet.

PFITZ: Herr, von allen Befehlen, die Ihr mir in den vielen Jahren unseres Zusammenseins je erteilt habt, ist dieser sicherlich der schmerzlichste, den ich auszuführen habe.

GRAF: Wirst du mir also nicht gehorchen?

PFITZ: Da jede Handlung von mir von Euch befohlen ist, und jede Handlung von Euch von droben bestimmt ist, hat es kaum einen Zweck, darüber zu streiten. Also gehe ich. Wünscht mir Glück.

Der Graf und Spontinis Frau sehen vom Fenster aus zu. Nach einer Weile sehen sie Pfitz auf der Straße auftauchen. Er geht auf Spontini zu, und sie reden. Es ist eine anscheinend freundliche Unterhaltung, während der

Pfitz sich große Mühe gibt, in die oder jene Richtung zu deuten, als würde er seinem Zuhörer den Weg zu einem fernen Ort weisen. Die beiden Zuschauer im Gasthof strengen sich an, zu hören, was gesprochen wird.

FRAU: Ich glaube, er sagt etwas darüber, wie er auf die Welt gekommen ist.

Doch dann nehmen die Dinge eine üble Wendung. Spontini wird erregt. Er blickt zum Fenster hinauf.

FRAU: Er hat uns gesehen!

Spontini holt mit dem Arm aus und versetzt Pfitz einen gewaltigen Schlag, der ihn zu Boden wirft. Dann eilt er auf die Tür des Gasthofs zu.

FRAU: Wir sind erledigt.
GRAF: Hoffentlich weckt er nicht das ganze Haus auf. Was für eine Szene!

Bald wird die Tür aufgestoßen, und Spontini steht vor ihnen; ein großer Mann, kräftig gebaut und mit einem Schwert im Gürtel.

SPONTINI: Was geht hier vor? Was macht Ihr mit meiner Frau?
GRAF: Bitte, ich kann alles erklären.
SPONTINI: Richtet Eure Erklärungen an meine Klingenspitze. (Er zückt sein Schwert.) Üble Druckfehler! Abscheuliche Errata! Ich werde Euch beide von dieser Seite tilgen!

Er sticht erst auf seine Frau ein, die tot zu Boden sinkt. Dann wendet er sich an den Grafen.

SPONTINI: Ihr müßt auch aus meiner Geschichte lektoriert werden.

GRAF: Ist dies also der traurige Grund für meine Reise hierher?

SPONTINI: Zieht Euer Schwert, wenn Ihr wie ein Mann sterben wollt.

GRAF: Bitte, verschont mich!

Er spürt den Stich von Spontinis Klinge und stürzt blutend zu Boden, während sein Angreifer flieht. Der Graf ist benommen, Gedanken und Eindrücke verschwimmen ihm vor dem Blick. Er ist von einer seltsamen Leichtigkeit erfüllt. Pfitz kehrt zurück.

PFITZ: Herr! Seht, er hat Euch einen Stich versetzt.

GRAF: Ist schon in Ordnung, Pfitz. Er ist nicht tief. Hilf mir aufs Bett.

PFITZ: Mein Gott, seht sie an. Ich glaube, sie hat es erwischt. Hier, Herr, legt Euch hin. Ich werde Hilfe holen.

GRAF: Um Gottes willen, nein. Denk an den Skandal! Wie sollen wir eine tote Frau auf dem Boden erklären? Schaffe sie irgendwie weg.

PFITZ: Ist das Euer Ernst?

GRAF: Nimm ihre Leiche und beseitige sie. Dann komm zurück und hilf mir beim Verbinden der Wunde.

Pfitz wickelt die Leiche der Frau in eine Decke und fängt an, sie aus dem Zimmer zu zerren.

PFITZ: Wenn ich gesehen werde, müssen wir beide dafür hängen, Herr!

GRAF: Dann laß dich nicht sehen.

Diejenigen, die mittlerweile aufgewacht sind, sind noch zu verängstigt, um ihre Zimmer zu verlassen, und Pfitz gelangt hinaus, ohne entdeckt zu werden. Er schafft den Leichnam zum Fluß, trägt ihn manchmal auf der Schulter, dann wieder zieht er ihn hinter sich her, wobei er alle paar Minuten zum Luftholen anhält und die ganze Zeit murmelt: »Was hätte bloß mein Vater dazu gesagt?« Endlich erreicht er sein Ziel. Von der Brüstung der Brücke sieht er zu, wie die Leiche der unglücklichen Frau ins eisige Wasser fällt.

Währenddessen haben die Gäste im Gasthof es gewagt, aus ihren Zimmern zu kommen. Einige nähern sich der Tür des Grafen und schreien vor Entsetzen auf.

GÄSTE: Mord! Eine Greueltat! Seht euch nur die gewaltige Lache mit dem Blut des armen Mannes mitten am Boden an.

GRAF: Das war Spontini. Er hat seine Frau ermordet.

GÄSTE: Welche Frau? Wer ist Spontini? Ruht Euch aus. Wir haben nach Hilfe geschickt.

GRAF: Wo ist Pfitz? Wo ist mein Diener?

GÄSTE: Was sagt er da? Er muß im Delirium sein. Wer ist Pfitz? Der Graf ist allein hier angekommen, er hat keinen Diener.

GRAF: Pfitz, verlaß mich nicht.

PFITZ: Ich bin wieder da, Herr, es ist alles in Ordnung.

GÄSTE: Mit wem spricht er? Wir sehen keinen Pfitz. Der arme Graf halluziniert. Ist der Priester schon da?

PFITZ: Folgt mir nun, Herr. Wir gehen auf eine andere Reise.

GRAF: Ich komme, Pfitz.

GÄSTE: Seht nur, wie er zur Luft spricht! Er verblaßt schnell.

CHOR DER SCHRIFTSTELLER:

Alles Geschriebene
Wird hier verneinet
Alles Verbliebene
Ist nun kein Ereignis
In zig Entwürfen
Ist die Welt nur ein Abglanz
Geschichten – Autoren
Vermischen sich ganz.

GRAF: Ich höre singende Stimmen, Pfitz. Und eine phantastische Landschaft taucht um uns auf; Abgründe und Bergschluchten öffnen sich. Sind wir im Himmel?

PFITZ: Noch nicht.

EIN KARTOGRAPH: Nun ist unser allerletzter Kurs eingetragen. Trag uns höher, endloses Kreisen der Gestirne!

GRAF: Kann es sein, daß ich tot bin, Pfitz? Es fühlt sich nicht anders als das Leben an.

PFITZ: Seid Ihr sicher, Ihr könnt Euch noch erinnern, wie es sich wirklich angefühlt hat, am Leben zu sein?

Unser Aufstieg beginnt. Die Luft wird dünner, der Himmel dunkler. Kühle Dünste streichen über unsere Haut.

GRAF: Die Welt ist nun weit unter uns. Ich sehe die Erdkugel, so klein und blau, wie ein feuchter Edelstein, der rasch außer Sicht kommt. Schon schrumpfen die Umlaufbahnen der Planeten unter uns zusammen.

Sterne und Sternwolken werden zu winzigen Pünktchen. Wie weit! Ich sehe einen großen, leeren Schlund, einen bodenlosen Abgrund, und als würde ich an einem Faden über der Leere hängen, mit nichts als bedeutungsloser Stille um mich. Mir ist kalt, Pfitz, und ich habe Angst.

PFITZ: Aber Herr, warum sollt Ihr Euch vor Nichts fürchten?

Wir steigen noch weiter.

GRAF: Endlich! Ich sehe Gebilde aus der Dunkelheit auftauchen.

PFITZ: Wir haben den Rand des Universums erreicht!

Es zeigt sich ein großer Mechanismus, bestehend aus Gestängen, Zahnrädern und Hebeln, die zu gewaltig sind, um sie betrachten, zu verworren, um sie begreifen zu können. Alles bewegt sich sehr langsam und knarrt ungeheuer. Es ist, als befänden wir uns in einem phantastischen Uhrwerk. Als wir an der entferntesten Seite herauskommen, wird ein neues Wunder sichtbar.

GRAF: Was sind das für Kreise, die uns nun umgeben?

PFITZ: Die Regale einer gewaltigen Bibliothek. Ich glaube, wir gelangen in unsere eigene Art des Paradieses.

GRAF: Ich sehe die Geschichten meiner Vorfahren, meinen Sinnen lesbar gemacht. Bände werden von einem Platz zum anderen getragen; Gedanken werden übertragen und korrigiert. Diese riesige Bibliothek ist unser letzter Bestimmungsort. Laßt uns für immer hier bleiben, die Biographien meiner edlen Adelsfamilie herauskopieren, den Bericht unserer eigenen großartigen Reise umschreiben und lektorieren.

Wir gehen an gewaltigen Regalen vorbei, in denen jedem faßbaren Gedanken, Anstoß oder Gefühl Ausdruck gegeben wird. An diesem Ort zu denken oder zu fühlen ist schlichtweg nur selektiv möglich.

Die Bibliothek läuft konisch zu; ihre Galerien laufen weit über uns in einem strahlenden Lichtpunkt zusammen. Wir steigen auf, Kreis um Kreis. Und dann taucht hinter einer Regalreihe eine Gestalt auf.

KARTOGRAPH: Weissblatt?

GRAF: Mein Gott, Spontini! Er wird mich doch gewiß nicht wieder umbringen?

Pfitz stellt sich vor den Grafen, als Spontini herankommt.

PFITZ: Auch wenn keiner von uns existiert, will ich verdammt sein, wenn ich mich von Euch umbringen lasse!

Spontini stößt Pfitz mühelos gegen das Geländer der Galerie, dann hebt er ihn auf, bereit, ihn hinabzuschleudern.

GRAF: Verschont ihn!

Ein Schuß ist zu hören, Spontini fällt getroffen nieder und läßt Pfitz zu Boden gleiten.

PFITZ: Mein Vater selig ist nie so knapp davongekommen.

Eine weitere Gestalt mit einer Pistole in der Hand ist aufgetaucht.

LEOPOLD: Ich war einer von denen, die Euch gemacht haben, Spontini, und nun bringe ich Eure Geschichte zum Abschuß.

SPONTINI: Ihr werdet nicht das Vergnügen haben, mich umzuschreiben!

Spontini erhebt sich, die Hand auf seine Wunde gepreßt, und stürzt sich dann von der Galerie. Sein Sturz ist von unendlicher Größe, und obwohl er durch den leeren Raum fällt, macht er ein gewaltiges Donnergetöse.

Nun verstärkt sich das glänzende Licht von oben noch mehr. Es ist eine schwebende, strahlende Gestalt namens Estrella zu sehen.

CHOR DER LESER:

Unsterbliche Schöpfung
von Silbenverbänden, von Worten, zerteilt
in Gedankenspiralen. Wir lesen,
Wir denken, geben euch Erscheinung.
Doch ihr lebet weiter,
Sind wir einst nicht mehr.

EIN ENGEL (der Spontinis Frau war): O freudevoller Friede!

EIN ZWEITER ENGEL (der Frau Luppen war): Helfen Sie mir bitte herauf. Ich bin auf der Suche nach meinem Mann. Komm her, Flussi.

– Und was ist mit unserem Autor?

Ich sehe jetzt, daß es gar keinen Autor gibt – beziehungsweise viele Autoren, eine unendliche Menge, so daß unsere Geschichte nicht eine, sondern viele war, und wir selbst sind Fiktionen, deren anscheinende Komplexität und Subtilität an Bedeutung etwas ist, das sich aus schlichter Materie gebildet hat, aus den bescheidensten Ursprüngen. Wir sind ein Gedanke, der in einem Augenblick durch einen Verstand geschwirrt ist; eine Geste, die kaum der Erhellung wert ist.

KARTOGRAPH: Muß ich diese Vision aufgeben?

LEOPOLD: Nur wenn du dir wünschst, zurückzugehen und unter Menschen zu leben.

KARTOGRAPH: Das ist eine schwierige Wahl.

CHORUS LOGICO-PHILOSOPHICUS:

Wovon wir schwiegen
Wird nun gesprochen.
Worte nun nicht mehr
Reines Denken ersetzen.
Bedeutung und Sprache
Sind Wahngebilde;
Erwirkte Komplexität
Zieht uns hinauf.